拯救未來的公主

馬翠蘿 著
靛 圖

新雅文化事業有限公司
www.sunya.com.hk

公主傳奇

拯救未來的公主

作　　者：馬翠蘿
繪　　畫：靛
策　　劃：甄艷慈
責任編輯：曹文姬
美術設計：李成宇
出　　版：新雅文化事業有限公司
香港英皇道499號北角工業大廈18樓
電話：（852）2138 7998
傳真：（852）2597 4003
網址：http://www.sunya.com.hk
電郵：marketing@sunya.com.hk
發　　行：香港聯合書刊物流有限公司
香港新界大埔汀麗路 36 號中華商務印刷大廈 3 字樓
電話：（852）2150 2100
傳真：（852）2407 3062
電郵：info@suplogistics.com.hk
印　　刷：中華商務彩色印刷有限公司
香港新界大埔汀麗路 36 號
版　　次：二〇一二年二月初版
10 9 8 7 6 5 4 / 2017

ISBN：978-962-08-5547-4

18/F, North Point Industrial Building, 499 King's Road, Hong Kong.
Published and printed in Hong Kong

目錄

第1章　萬卡消失了　5

第2章　歷史被改變　14

第3章　公主落難　22

第4章　小嵐成了小乞丐　29

第5章　破廟裏的邂逅　37

第6章　朵娃和她的弟妹　44

第7章　要打仗了　53

第8章　智取大番薯　62

第9章　採藥救人　68

第10章　被狼虎隊追殺　77

第11章　出城驚魂　84

第 12 章　小嵐恢復記憶　92
第 13 章　與「疑似」萬卡祖先見面　99
第 14 章　主動出擊　111
第 15 章　曉星變豬豬　120
第 16 章　小嵐的妙計　128
第 17 章　尋找迷魂谷　135
第 18 章　重返乞丐村　146
第 19 章　孩子的戰爭　152
第 20 章　《東西烏，一家親》　160
第 21 章　香噴噴的大米飯　166
第 22 章　他就是霍雷爾　174
第 23 章　一箭定江山　180
第 24 章　回家　187

第1章　萬卡消失了

「萬卡哥哥！萬卡哥哥！」小嵐用腳蹬着被子，大聲喊着，喊着。

有人在輕輕叫她：「公主，您怎麼啦？公主，您醒醒！」

小嵐睜開眼，怔怔地想了一會兒，才知道剛才是在做夢。

她對搖醒自己的女管家瑪亞說：「噢，沒事，只是做了個不好的夢。我還想睡一會兒，你先出去吧！」

瑪亞說：「是，公主。」

她悄無聲息地退了出去。

小嵐望着天花板，回憶着那個夢。

她和萬卡在樹林裏捉迷藏，萬卡躲，她來抓。萬卡走了幾步，又回過頭警告說：「別偷看啊！」

她笑嘻嘻地回答：「啊，你說可以偷看？」

萬卡轉身：「好啊，你這個小滑頭！看我給點厲害你看。」

她笑道：「好好好，不看不看！我數十下，你快躲啊！」

她用手捂着眼睛：「一、二、三、四……」

數完十下，她便開始去找萬卡。

「哈哈，我看見你了！你出來！」她一棵樹一棵樹的去找，沒有，沒有，沒有！找了半天，但萬卡好像消失在樹林裏，化成了一棵樹，一片葉子，怎麼也找不到了。

她有點慌，叫道：「萬卡哥哥，你在哪呀？你快出來，我不玩了！」

這時候，樹林裏起霧了。好大的霧！濃濃的霧令她連幾步遠的樹都看不清。

「萬卡哥哥，萬卡哥哥！……」她害怕地喊了起來。

「幸虧只是做夢。」想到這裏，小嵐鬆了一口氣。

萬卡哥哥不會離開自己的。他會一直陪伴着自己，直到永遠。

她伸開兩手，舒舒服服地伸了個懶腰。

小嵐從來不是個懶惰的女孩，何況今天約了萬卡哥哥和曉晴曉星去郊遊呢！她按了按鈴，表示她要起牀了。

小嵐不像別的公主那樣，每天早上起牀都要一班侍女服侍，準備洗臉水、漱口水，準備要穿的衣服鞋襪，侍候梳妝打扮……她按鈴，只是通知外面，二十分鐘之後她就可以去餐廳進早餐。

她去盥洗室洗臉刷牙完畢，坐到梳妝枱前正要梳頭，卧室的門被人輕輕敲了兩下。她說了聲：「進來！」

瑪亞帶着四個侍女笑容滿面地走了進來。除了瑪亞之外，其他人手裏都捧着一個扁扁的、方方的盒子。

小嵐皺皺眉頭，她們今天怎麼啦？難道忘了她一向不習慣讓人侍候？

她正想說話，瑪亞領着四個侍女已走到跟前。五個人朝她行了屈膝禮，然後齊聲說道：「恭喜公主！賀喜公主！」

小嵐一愣，喜從何來？

正在奇怪之際，瑪亞已命侍女們把盒子放在桌上，她又朝小嵐微微鞠躬，說：「國王特地吩咐我們來侍候您梳洗的。」

她一一打開盒子：「這是您今天要穿的禮服、鞋子，還有鑽石項鏈、手鐲。」

小嵐更奇怪了，萬卡哥哥怎麼啦？今天只不過是去郊遊啊，怎麼讓我穿成這樣！

瑪亞繼續說：「小嵐公主，今天安排很緊張，訂婚儀式在上午十點開始，之後要跟國王一起乘坐敞篷汽車，到王宮外至尊大道接受公眾道賀，晚上七點出席訂婚國宴……」

「什麼什麼？瑪亞，停停停！你說什麼？訂婚？誰訂婚？」小嵐打斷瑪亞的話。

瑪亞驚訝地看着小嵐：「啊，公主，今天是您跟國

王訂婚的大喜日子啊！」

「啊！」小嵐大吃一驚，「訂婚？萬卡哥哥怎麼搞的，搞突然襲擊嗎？我什麼時候答應嫁給他了？」

在場五個人像被小嵐這番話嚇壞了，個個目瞪口呆，說不出話來。

小嵐又氣又急，雖然自己喜歡萬卡哥哥，但是，在自己還沒正式答應之前，他也不能這樣啊！太不尊重人了！我怎可以跟這樣不懂得尊重別人的國王在一起呢！

小嵐很生氣，她把那四個盒子逐個扔回侍女手中，又把她們逐一推出門外：「去去去，告訴你們國王，我不會嫁給他的。」

然後「砰」一下關上了門。

「公主！公主！公主！」門外侍女們喊了一會兒，沒聲了。

小嵐知道，一定是去搬救兵了。

誰來也不行，萬卡哥哥，我算看透你了。

小嵐打開衣櫃，隨手拿了一件休閒服和一條牛仔褲穿上，忽然聽到門外有人喊：「國王到！」

小嵐雖然生萬卡的氣，但也知道分寸，不能因為萬卡寵愛自己，就可以不給他臉面。這牽涉到國王的管治尊嚴啊！

她嘟着嘴，走到門口，把門一拉。

十幾名侍衞簇擁着一個人走了進來。他氣宇軒昂，身上穿着國王在隆重場合才穿的特製的軍服，大步走了進來。

「你？！」小嵐用手指着那人，像被施了定身法一樣，動彈不得。

什麼國王！他分明是利安呀！小嵐在烏莎努爾的好朋友、首相萊爾的兒子利安。雖然他今天的樣子顯得比以往自信和威嚴，但他仍然是利安。

利安走到小嵐跟前，拉住她的手，眼裏流露着溫柔：「小嵐，今天是我們的大喜日子呢，別淘氣了！」

小嵐急忙甩開他的手，一步跳上牀，跑到最靠裏面的地方，她生氣地說：「利安，今天是愚人節嗎？你說你是烏莎努爾的國王，你說今天是我跟你訂婚的日子？」

利安的樣子有點錯愕：「是呀！我是烏莎努爾國王利安。三天前，你親口答應了我的求婚，你看，你手上那個戒指，就是你答應時，我給你戴上去的。」

小嵐看看手上，她的確戴着那個藍月亮戒指，那是烏莎努爾歷代王妃佩戴之物。但那是萬卡第一次向自己求愛時，給自己戴上的。

這些人都瘋了嗎？費那麼大的周折來開這種玩笑！小嵐狠狠地瞪着利安，氣得快要罵人了。

門外起了一陣騷動，有人大聲嚷嚷着：「怎麼啦，怎麼啦？小嵐姐姐出了什麼事啦？」

你？！
小嵐，今天是我們的大
喜日子呢，別淘氣了！

衞兵讓開了一條路，走進來一男一女兩個孩子，他們正是小嵐的好朋友曉晴和曉星。

小嵐一見曉星曉晴，急忙跳下來，一把抓住他倆：「曉晴，曉星，是不是你們搞鬼，聯合其他人，跟我開這麼一個大玩笑！」

曉晴一臉疑惑：「小嵐你說什麼呀？今天是你訂婚的大日子，也是皇家的大日子，誰敢跟你開玩笑呀！」

曉星也說：「小嵐姐姐，莫非你又想撒賴？利安哥哥向你求婚一百零八次，你才答應跟他訂婚呢，小嵐姐姐，你不要再讓利安哥哥傷心了。」

小嵐瞠目結舌地看着他倆，不相信自己的耳朵，不相信自己的眼睛。跟這兩姐弟相交多年，就像家人一樣，他們是不是說謊，她一眼就能看出來。

他們確實不像在說謊！

他們沒有說謊，那就是說眼前發生的都是真實的。烏莎努爾的國王是利安，她喜歡的人也是利安。天哪，天哪！那萬卡呢？

她不由得大喊：「萬卡哥哥，你們把萬卡哥哥請來！」

在場的人都神情很奇怪，好像不知她說什麼。利安的神情變得很尷尬。

小嵐急得一頓腳：「你們怎麼啦，連萬卡哥哥都不認識嗎！」

曉晴悄悄拉了她一把：「你怎麼啦？在未婚夫面前說別的男孩子的名字。萬卡是誰？我怎麼從來沒聽你提起過？」

沒有萬卡？小嵐只覺得背脊一陣發冷。

她一把抓住曉晴的手：「你是說，沒聽過萬卡這個名字，沒有萬卡這個人？」

「唉呀，你弄痛我了！」曉晴喊了起來，「什麼萬卡？沒聽過，你的朋友裏面根本沒有叫萬卡的！」

天下事難不倒的馬小嵐，泰山壓頂不害怕的馬小嵐，一下子變得那樣的軟弱，那樣的惶惑不安，她抓住曉晴的手一下子鬆開了，她後退幾步，頹然地往後一跌，跌坐在椅子上。

「怎麼會這樣？！怎麼會這樣？」

「小嵐，小嵐，」利安走到她跟前，拉起她的手，擔心地叫着她的名字。

曉星突然喊了起來：「我知道發生什麼事了！」

所有人的眼光都「刷」地落到他身上。

曉星說：「我猜，小嵐姐姐一定是得了『訂婚恐懼症』，很多電視劇和小說裏都有這樣的情節，女主角訂婚前說分手呀，落跑呀，躲起來呀……什麼都會發生。」

曉晴點頭認同弟弟說法。因為她覺得這是惟一能解釋小嵐這怪異行為的原因了。

利安拉着小嵐的手，心疼地說：「小嵐，真的嗎？你還是對我們的感情感到顧慮嗎？那我們先不訂婚好了，我可以等，等到你真正願意嫁給我的那一天。即使等上十年，二十年，甚至一輩子，我都可以！」

小嵐呆呆地看着利安，突然，她猛地把他推開，站起來跑向門口，奪門而出。

「小嵐！」

「小嵐姐姐！」

「公主！」

無數把聲音一齊喊了起來。

小嵐沒有回頭，只是奪路狂奔。一路上都有侍衞和侍女企圖攔住她，但都被她狠狠地推開了。

第2章　歷史被改變

小嵐邁開長腿，在皇宮裏左拐右拐，好不容易才擺脫了追在後面的人。她看到前面有一幢大樓，便跑過去，順手推開一扇大門，跑了進去。

她馬上感覺到房間裏有很多雙眼睛在盯着自己。糟了，有人！正想奪門而出，卻又發現那些「人」不是真人，而是掛在牆上的一幅幅真人大小的肖像畫。

哦，自己跑到繡像廳來了。

這是擺放烏莎努爾歷代國王肖像畫的地方。

一如以往進來時所見，繡像廳三面全是巨幅肖像，按年代排列，而最後一張，應該是現任國王霍雷爾．萬卡。

可是，當小嵐瞥見最後一張肖像時，她嚇得驚叫了一聲：「啊！」

接着是呆若木雞。

那最後一幅肖像，即是本來掛着萬卡肖像的地方，畫上的人，竟然……竟然……竟然是利安！而利安的上一任，竟是他的父親萊爾。

再往前看，全變了，全變了，霍雷爾家族的人一個都不見了，全是梅登家族的人。

小嵐的腦袋嗡嗡作響。

如果是開玩笑，這玩笑可開大了。但即使身分特殊如利安——萊爾首相的兒子，如曉晴曉星——尊貴的小嵐公主的好友，也不可能如此膽大包天開這樣的玩笑啊！

不會的，不會的！小嵐內心狂喊着，她又跑進了隔壁的國家文獻室，找到了一本講述烏莎努爾歷史的書。

翻開史冊，記載的第一件大事，就是小嵐熟悉的「一箭定江山」，這個故事小嵐從賓羅大臣嘴裏聽到過。

故事說的是四百年前烏莎努爾剛建國時，是由霍雷爾、查韋姆、梅登這三位首領共同掌握政權的。這三位首領雖然都是很好的朋友，但個性很不相同，一個很急進，一個很保守，一個很開明，所以他們在議決許許多多國家大事時，往往各持己見，很難有統一意見。後來，他們決定在三人中選出一個國王，一人說了算，免得麻煩。他們採用了比賽射箭的方式，實行「一箭定江山」。結果霍雷爾勝出了，開始了他們近四百年的統治歷史。

見到史冊都有記載這件事，小嵐稍為鎮定了點。她捧起史冊讀了起來。但她越看越震驚，怎麼故事跟之前聽到的不一樣了！三個首領比賽射箭，最後得勝的竟然是梅登，而不是霍雷爾！

究竟發生了什麼事？小嵐努力理順自己紛亂的思緒，她無法接受這一切。

文獻室的大門被人慢慢推開了，兩個腦袋鬼鬼祟祟地探了進來。

「看什麼看！進來！」小嵐不耐煩地說。

正是曉晴和曉星。

「坐下！」小嵐命令道。又急急地問，「告訴我，這地方是不是烏莎努爾公國？」

曉晴曉星傻傻地點頭。

「烏莎努爾的國王是利安？」

曉晴曉星又傻傻地點頭。

「那我們是誰？」小嵐急切地問，她實在害怕，該不會連她們的身分都不是原來的吧？

偏偏曉晴曉星不馬上回答，只是傻呼呼地上下打量小嵐，曉星還伸手試了試小嵐額頭的溫度：「小嵐姐姐，你別是發燒燒壞了腦子吧？怎麼連自己是誰都不知道？」

小嵐一頓腳，不耐煩地說：「我腦子一點沒壞！你們快回答！」

曉星像哄小孩似地說：「好，好，小嵐姐姐別着急，我告訴你就是。你叫小嵐，是烏莎努爾的公主；我叫曉星，她叫曉晴，我跟她是姐弟，我們是你的好朋友。」

噢，身分沒變！小嵐心裏稍稍安定了點，又問：「那我們是怎樣來烏莎努爾的？」

曉晴說：「利安哥哥未登位時到香港大學讀書，沒想到被壞人擄劫了。是你幫助香港警方，把利安哥哥救了出來。利安國王對你又愛又感激，就封你為公主，讓你到烏莎努爾讀書和生活……」

亂套了，亂套了，什麼亂七八糟的，自己什麼時候在香港協助警方救了利安了！

小嵐生了一會兒悶氣，又問：「你們說，這裏沒有一個叫萬卡的人？」

曉晴說：「真的沒有呢！你老提萬卡，誰是萬卡呀？」

小嵐沒回答，她簡直無法接受，一早醒來，一切都變了。人的身分改變了，國家的歷史改變了，萬卡竟消失得無影無蹤，連一點曾經存在過的痕跡都沒有。

一切都這樣不可理喻。惟一的解釋就是，因為什麼原因，導致歷史被改變了。

這時，曉晴拉拉她的袖子，說：「小嵐，別傻了，回去跟利安哥哥舉行訂婚儀式吧！那麼好的男孩，又年青又帥的國王，死心塌地地愛着你，真是羨慕死天下女孩子呢！你真是身在福中不知福了。如果換了我，短命十年都願意……」

小嵐呆呆地看着曉晴嚅動着的嘴，但卻什麼都沒有聽進耳裏。她在想，怎樣才能把改變了的歷史改回來呢？

一隻手在她臉前晃來晃去，那是曉星的手。

「幹什麼？」煩惱之極的小嵐變得兇巴巴的。

曉星嚇了一跳，說：「我想試試你的反應。聽說對外界熟視無睹的都屬於神經病。」

小嵐大聲說：「用手在別人眼前晃來晃去的才屬於神經病呢！」

曉星委屈地撅着嘴，自己只是擔心小嵐姐姐嘛。

小嵐大發脾氣：「你倆給我靠邊站，只許規規矩矩，不許亂說亂動！」

曉晴曉星嚇壞了，小嵐雖然是尊貴的公主，但她從來都不以勢欺人，對一般侍女及侍衛都以禮相待，對他們這兩個好朋友更是親如兄弟姐妹。

今天，是盤古開天地第一次見她發公主脾氣。

兩人趕緊靠牆站着，吃驚地看着小嵐。其實他們害怕是其次，擔心是主要的。小嵐別是真的神經出問題了吧！

小嵐沒理他們，繼續在理清一團糟的頭緒。

回到過去？對，只有回到過去，才能知道究竟發生了什麼事，才能讓扭轉了的歷史返回原來面目。

時空器！不是有個時空器嗎？她望向站在牆邊發愣的曉晴曉星。希望不要因為歷史改變，而連時空器這回事都沒有了吧！

「曉星，你是不是有個時空器？」

曉星一聽小嵐問些正常點的事了，馬上高興地説：「有啊！」

小嵐放了心，説：「快給我！」

曉星趕緊在身上找，左邊褲袋掏掏，右邊褲袋掏掏。早些日子，他把時空器放到屋頂上利用太陽能充電，今早爬上去看時發現電已充滿了，就順手揣進了褲兜裏，沒想到現在還派上用場了。

「小嵐姐姐，給你。」

曉星討好地把時空器交到小嵐手裏，希望小嵐別再向他發脾氣了。

小嵐接過黑得發亮的小盒子，臉上露出笑容。她又問：「這時空器是怎麼來的？」她想驗證一下，歷史還有多少是沒被改變的。

曉晴和曉星的心又一下子提到了嗓子眼，小嵐真有問題！怎麼連這樣重要的經歷都忘記了。

這個時空器，是他們在美洲共同經歷的一次生死劫難中得來的。他們闖入藏有所羅門寶藏的月亮洞，發現了外星人的太空船，而這時空器就是在太空船的駕駛室裏找到的。

這個時空器，曾幫助他們去過唐朝、宋朝、清朝，他們經歷了別人無法經歷的、驚險又奇特的事件。

現在，小嵐竟然連它的來歷都不記得了。

曉晴和曉星盡量詳細地講述着時空器的來歷，希望

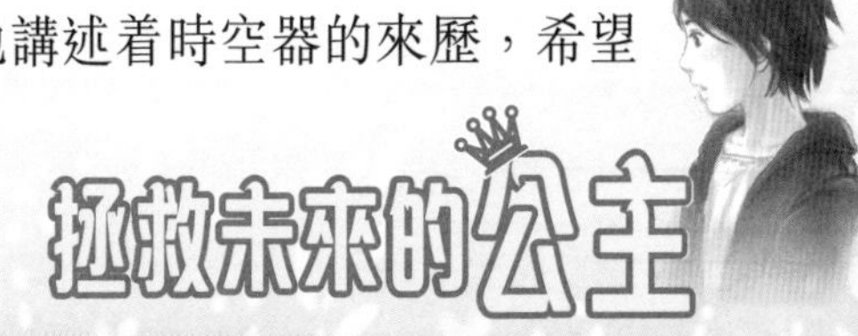

喚回小嵐的記憶。

誰知小嵐可沒那個耐性，她聽了一半就打斷了兩姐弟的講述，她只需要知道，時空器的來歷沒變，功能沒改變，就足夠了。

好吧，自己可以回到過去，把改變了的歷史扭回到原來的軌道上來了。

小嵐打開了時空器的蓋子。

曉星想阻撓：「小嵐姐姐，你別隨便按啊！這會令你在瞬間去到另一個年代的。」

曉晴也說：「小嵐，你要逃婚，也不致於要逃到別的時間空間吧！」

小嵐不耐煩地說：「我不是逃婚！我是去回復歷史的真面目。」她邊說，邊在盒子上調校要去的年代和地點。

曉星拉拉曉晴的衣服，小聲說：「姐姐，小嵐姐姐真的得了神經病了，我們要阻攔她。」

曉晴說：「小嵐會功夫，我們都不是她對手，怎麼攔啊！」

兩人正不得要領，那邊小嵐已經啟動了時空器，一股藍光從小嵐腳下升騰，瞬間，她已雙腳離地，旋轉着上升了。

「小嵐！」

「小嵐姐姐！」

曉晴和曉星互相看了一眼，作為好友兼死黨，他們是絕不會讓小嵐獨自去一個未知的世界冒險的。兩人縱身一跳，但只有曉星來得及抓住了小嵐的腳……

第 3 章　公主落難

荒野裏，一條因被人長年累月踩踏而形成的蜿蜒小路上。

已是傍晚時分，一老一少兩個女子，一人拄着一根棍子，在小路上慢慢地走着。她們都蓬頭垢面，身上的衣服又髒又破，一看便知道她們是以乞討為生的乞丐。

走着走着，少女突然停了下來，指着路邊草叢説：「阿荷你看，草叢裏好像有東西。」

「死丫頭，找死啊！老把親媽叫阿荷，小心被雷劈。」被叫做阿荷的女人邊罵邊瞇着眼睛朝草叢看，「什麼東西？」

寶娃説：「看不清，顏色挺漂亮的，像是衣服或布料。」

阿荷來了興趣：「那我們快去瞧瞧，説不定能賣錢呢！我們身上一點錢都沒有了。」

兩人走進草叢中，寶娃馬上叫了起來：「死人！」

阿荷也嚇得倒退一步。草叢裏果然有一個人，是個女孩。她一動不動地躺着，看上去像是死了。

「倒霉！」寶娃扯着母親就要走。

阿荷卻站住了，她眼睛貪婪地看着那女孩身上的衣服：「寶娃，那女孩穿的衣服挺不錯啊，還繡了花呢！

褲子雖然款式古怪了點，但挺結實的，比你身上的破衣服好多了。」

寶娃很害怕：「啊，你要我穿死人衣服！」

阿荷說：「怕什麼！死人又不會把你吃掉，你把自己的給她換上就行了。」

阿荷說着已經開始動手了，她脫下了女孩的外衣和長褲，給寶娃穿上，又把寶娃換下來的破衣服穿到女孩身上。

看着寶娃穿上新衣服，阿荷得意地說：「寶娃，你好漂亮啊！」

「真的？」寶娃迫不及待地跑到小河邊，左照照，右照照。河水映出了一個穿着花外衣、石磨藍牛仔褲的身影。

「啊！」阿荷突然發出一聲驚呼。

「什麼事什麼事？」寶娃嚇了一跳，趕緊跑回母親身邊。

阿荷指着那女孩的手，驚喜地說：「看，看她手上那戒指，一定很值錢！」

寶娃一看，哇，那女孩手上的戒指真好看，月亮形狀，發着藍幽幽的光……

阿荷急不及待地拿起女孩的手，使勁去脫戒指。但是，不管她怎麼努力，那戒指像長在女孩手指上一樣，怎麼也沒法脫下來。

阿荷一屁股坐在地上，一臉懊惱。

「嗯……」一把低低的呻吟聲在寂靜的荒野裏顯得那樣清晰，把她們嚇了一大跳。

只見女孩竟然動了，她抬了一下手，又發出了一聲更大的呻吟。

「媽呀，她沒有死！」寶娃害怕了，「我們快走吧，等會兒她見到我穿了她的衣服，就糟了。」

阿荷說：「怕什麼？我們兩個人，她只一個人，在這荒山野嶺中，還是我們佔上風。看樣子她一定是有錢人家的孩子，我們可見機行事，或者乾脆把她帶回家，再向她家人要一筆錢贖金……」

寶娃瞪了母親一眼：「阿荷，你可真行啊！這樣缺德的事也想得出！」

阿荷罵道：「死丫頭，你爹死時你才出生幾個月，我辛辛苦苦把你養大，你就這樣損我嗎！」

寶娃不吱聲了。確實，阿荷靠撿破爛和行乞養大她，實在不容易。記得最艱難的日子裏，阿荷自己不吃不喝，也要讓她吃飽穿暖。寶娃基本上是沒有挨過餓的。所以儘管阿荷為了錢常常幹點騙人的勾當，她也還是打心眼裏愛着母親。

母女倆走近女孩，發現女孩已經醒了，正睜大眼睛，愣愣地看着她們。

女孩長得很美，瓜子臉，杏核眼，睫毛很長，皮膚

你是誰？
我是誰？

又白又嫩，看上去不像一個普通人家的女孩。只是，她的神情迷惘極了，她看看阿荷，又看看寶娃，像在努力地想着什麼。

「你們是誰？」她問。

寶娃剛要回答，阿荷拉了她一把，截住她的話。

阿荷反問道：「你是誰？」

「我是誰？」女孩掙脱着爬起來，她看看自己身上的破衣服，看看周圍，努力地回憶着。

「我……我叫……馬小嵐？好像是這個名字。但除了名字，我什麼都不記得了。腦子裏好像空空的，一點記憶都沒有。」女孩用手摸摸腦袋，馬上「噢」地叫了起來，「好痛！」

寶娃跑到女孩身後，一看：「啊，你的頭腫了個大包呢！」

阿荷招手叫寶娃過來，附在她耳邊小聲說：「這女孩八成是撞壞了腦袋，把以前的事全忘了。」

寶娃幸災樂禍地說：「啊，真可憐！你的如意算盤打不響了，她把什麼都忘了，包括家人，那你拿贖金的事就沒法實現了。」

阿荷狡黠地笑了笑：「難道你不知道你阿荷媽有多聰明嗎！我已經有了新的計謀了。」

「什麼新計謀？」

阿荷笑笑，走近那女孩，大聲說：「死丫頭，你怎麼摔了一下，就連自己是誰都不記得了！你是我家的傭人呀！你十歲那年，你爹媽把你賣給我了，我給了十吊錢呢！」

寶娃大吃一驚：「阿荷，你……」

阿荷朝寶娃胳膊上使勁擰了一把，寶娃「噢」地喊了起來。

阿荷又説：「你什麼？都怪你，叫小嵐爬到樹上給你摘花，弄得她失足跌下來，傷了頭，連主人都不認得了。」

寶娃摸着被擰痛的胳膊，嘟着嘴不吭聲。心想阿荷也真夠絕的，這麼快就編了個故事，佔人家便宜。

那女孩聽了阿荷的話，一臉困惑。

阿荷對女孩喊道：「還發什麼呆，還不快走，家裏很多活等着幹呢！」

女孩爬起身，無可奈何地跟在阿荷母女後面走了。

讀者看到這裏，一定十分吃驚：這女孩叫馬小嵐，難道……難道就是我們熟悉的那個馬小嵐嗎？就是那個「天下事難不倒的馬小嵐」嗎？

不會的不會的！

但事實正跟你們希望的相反，她就是你們熟悉的那個馬小嵐，無所不能、上天入地全會的馬小嵐。

你們該明白發生什麼事了吧？馬小嵐穿越時空，要回到烏莎努爾建國前捍衞歷史的本來面目，可惜功虧一

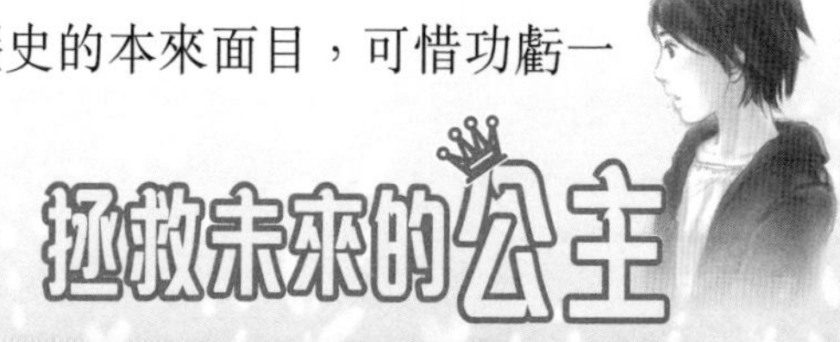

簣，她落下來時不小心腦袋落地，撞壞了腦子，雖然沒有傷及生命，但這一撞卻令她失去了以前的記憶，除了還記得自己叫馬小嵐之外，就一無所知了。

沒有了以往的記憶，偏偏又落到了自私兼狡猾的乞丐阿荷手上，接下來，超級無敵的小公主馬小嵐會有一段怎樣令人揪心的經歷呢，想必是急壞了所有關心她愛她的讀者了。

第4章　小嵐成了小乞丐

小嵐走進阿荷的家，她站在屋中間，驚訝地四處張望着。

屋子是用泥和草混和蓋的，牆壁凹凸不平、鬆鬆垮垮，彷彿一碰就會掉下許多粉末。

屋裏間隔成四間，目前站着的地方應該是客廳，客廳裏只有一張四方桌子和四張殘破的凳子。一邊牆角擺着一個少了一扇門的破櫃子，另一邊堆着很多廢紙和破瓶破罐。

左邊一間像是臥房，裏面有一張牀，有個櫃子，右手邊那間像是儲物室，堆了很多雜物，破破爛爛的，發出一股難聞的氣味，想是從哪裏撿回來的別人不要的垃圾。另外還有一間黑糊糊的，估計是煮飯用的廚房。

阿荷把小嵐領進右手邊那個儲物間：「你就住這裏。」

小嵐一見便愣住了，這裏怎麼睡啊！雖然失了憶，但臥室應該是什麼樣子，她還是知道的。

「怎麼沒有牀？晚上睡哪裏？」她膽怯地問。

阿荷雙眼一瞪：「你以為自己是誰？千金大小姐？尊貴的公主？還想睡牀！」

她用手指指牆角一堆乾草：「晚上就睡那裏！」

說完就走出去了。

小嵐突然覺得頭有點昏，想找個地方坐坐，但看看房裏，連凳子也沒有，只好坐到草堆上。草堆並不那麼好坐，有些特別硬的草，刺得屁股生痛。但總比坐在又冷又硬的地上好些吧。

小嵐還沒坐穩，就聽到外面阿荷在扯着嗓子喊：「小嵐，偷什麼懶，快來幫忙煮飯！」

小嵐只好硬撐着起來，跑去廚房。

阿荷正倚在廚房門口嗑瓜子，她指着地上一堆柴，說：「快，替我生火。」

小嵐看看那是一個用泥做成的四四方方的灶，灶上架了個鐵鑊。灶的下面有個拱形的洞，大概是燒火的地方。她放了幾根柴到洞裏，又拿起旁邊一盒火柴，划着了，去點柴。可是，用了很多根火柴，不但沒把柴點着，還弄了一屋子的煙。

「死丫頭，連燒火都不會！」阿荷跑進來，不由分說就給了小嵐一個耳光。

小嵐捂着熱辣辣的臉頰，愣住了。可憐的小嵐，長這麼大，有誰動過她一個手指頭啊！

「滾出去，別在這裏礙手礙腳的！」阿荷把小嵐一推，一邊罵罵咧咧的，一邊蹲下去自己點火。

小嵐眼裏冒着淚花，委屈地跑回了房間。自己只是失憶，為什麼連怎樣點火都忘了呢？這個阿荷好兇，自己這麼多年是怎樣過的呢？

她用手捶了腦袋幾下。唉，快點好起來吧，自己把什麼都忘了，可能還有受罪的事在後頭呢！

她躺倒在草堆上，迷迷糊糊地睡着了。睡夢中，聽到阿荷跟寶娃在説話：「阿荷，不叫小嵐起來吃晚飯嗎？」

阿荷鼻子哼了一聲：「叫她幹什麼？連燒火都不會，不能白給她吃飯。」

半夜裏，小嵐醒過來了。

她是被凍醒的。蓋在身上的那張千瘡百孔的被子根本抵卸不了冷空氣，她伸手抓了幾把草，蓋在身上。但是，仍覺得冷。不知從那裏鑽進來的寒風，嗖嗖的直往身上鑽。

這屋子沒有窗，風是從哪裏進來的呢？

小嵐爬了起來。借着朦朧月色，她才發現四面牆壁沒有一面是完好的，這裏一個洞，那裏一條縫，千瘡百孔。破了的洞洞有的用草或破布塞上，有的仍裸露着，就像一個個張開的嘴巴。

小嵐扯了一把草，一個一個地去塞那些洞洞，風不再進來了，但小嵐也沒法再入睡了。身上依然冷，肚子又餓得咕咕叫，她就這樣又冷又餓的，一直坐着，直到天亮才迷迷糊糊地睡着。

一陣叫囂把小嵐吵醒了。睜眼一看，是阿荷，她雙手

叉腰，正朝小嵐吼：「懶骨頭，天都大亮了，還睡！」

小嵐嚇得趕緊站起來。

阿荷扔給她一根棍子，一個破鉢子：「去，出門往右拐，一直走，再往左拐，就是集市。那裏人多，你今天就去那裏乞討。別把討到的錢私吞了，小心我打斷你的手！」

小嵐看見寶娃正在吃早飯，不由得想起自己連昨天晚飯都沒吃。想開口説，但看看阿荷那狐狸般的尖臉孔，又把話吞回肚子裏去了。

她默默地撿起棍子和鉢子，往門口走去。

「慢着！」阿荷叫住她。

阿荷跑進廚房，用手在灶膛裏抓了一把灰，又走了出來，把灰往小嵐臉上抹了幾下。真可憐，一個天姿國色的小公主，頓時變得灰頭灰腦的，面目全非。

阿荷又拿來一條破布條，抓過小嵐的手，把布條纏在她的戒指上。她深知這東西值錢，心想可不能讓別人拿了去，總有一日她會想出辦法，把這寶貝從小嵐手上取下來。

「去去去！」阿荷把小嵐往門外一推。

寶娃看着小嵐的身影，説：「阿荷，怎麼不讓她吃了再走！」

阿荷説：「我就是要讓她餓肚子，這樣她才肯開口求乞。你就別管她了，寶貝女兒，你以後就留在家裏，嘗嘗當千金小姐的滋味吧。有小嵐代替你去討飯就行了……」

小嵐按阿荷說的路徑，走了好一陣才到一個集市。除了兩邊商舖外，路邊也擺了一些臨時攤檔，叫賣聲、講價聲不絕於耳。

小嵐第一個感覺就是，怎麼這麼多乞丐啊！只見男男女女老老少少，有的面前擺放着一個瓦鉢跪着求乞的，也有拿着個鉢子追着行人要錢的，乞丐的人數好像比趕集的人還要多。

可能如阿荷所說，這裏是行乞的熱點，所以乞丐特別多吧！

小嵐在街上愣愣地站了好久，她實在開不了口向人討東西。肚子咕咕地響着，她實在餓得慌，把心一橫，走到一個舖子前面，把鉢子放下，坐了下來。

一雙雙腳匆匆地從面前走過，小嵐低着頭，鼓起勇氣，用蚊子般小的聲音說：「叔叔阿姨，給點吃的好嗎？給點吃的好嗎？」

面前的腳沒有停留的意思，都徑直向前走了。喊了半天，連點剩飯都沒討到。

「喂，你得大聲點！別像蚊子哼哼似的，誰聽得見。」一把聲音傳來。

小嵐扭頭一看，旁邊不知什麼時候坐了一個女孩子，年紀看上去跟自己差不多。她雖然穿得破破爛爛

的，頭髮也亂七八糟，但模樣兒挺機靈、挺漂亮的。

「看我的！」女孩把手裏的瓦鉢伸到路人面前，聲音清脆響亮，「大爺，大姑，給點小錢吧！祝你們出門踢到金子、在家拾到銀子、吃飯圍着千孫百子……」

果然，不一會兒，「噹」一聲，一個銅錢扔進她的瓦鉢裏。

女孩朝小嵐眨眨眼睛，得意地笑了。

小嵐鼓起勇氣，也學着女孩喊了起來：「大爺，大姑……」

喊呀喊呀，嗓子都沙啞了，正在失望時，咚的一聲，有人往她瓦鉢裏扔了一個饅頭。

小嵐驚喜極了，她一把抓起饅頭，就想往嘴裏塞。只覺得有雙眼睛在盯着自己，一看，是那女孩。她雙眼盯着饅頭，不住咽着口水。

小嵐把饅頭一掰兩半，把一半塞給女孩：「給你。」

「謝謝！」女孩也不客氣，狼吞虎嚥的，幾口就吃光了。她用友好的眼光看着小嵐，說：「我叫朵娃，你呢？」

「我叫小嵐。」

小嵐剛吃完半個饅頭，「嘩——」天上突然下起大雨來。

朵娃喊了一聲：「快找地方避雨！」就撒腿跑了。

小嵐不知東南西北，亂跑一通。她怕被人驅趕，也不敢跑進店舖裏，於是只好往集市外面跑。

也不知跑了多久，見到有個破廟，小嵐就趕緊跑了進去。廟宇殘破不堪，供奉的泥菩薩也破爛得只剩個底座了。

身上沒有一絲乾的地方，頭髮直往下滴水。小嵐惟一可以做的，就只是甩甩頭髮上的水，用手扭扭衣服下襬的水。餘下的事情就是坐下來，祈求老天爺趕快停雨。雨真大。雨水沿着破廟的屋檐流下，成了一道水簾，落到地上，濺起無數水珠。

透過那道水簾，隱約看見廟宇外面走過一家三口，爹撐着一把油紙傘，娘抱着女兒。夫婦倆盡量護着女兒，不讓她被雨淋……

小嵐心裏「咯噔」一下。她腦海裏浮現出一幅同樣的情景，那小女孩分明是她自己！是小時候爸爸媽媽跟自己在一起的情景！

但馬上，影像開始變得模糊。別走！別走！她跟自己說。她努力地去抓住腦海裏的影像，她想看清楚爸爸媽媽的樣子。可惜，影像沒有了，腦海又是一片空白。

自己一定有過幸福的家庭、幸福的童年。但他們為什麼要把自己賣給阿荷呢？爸爸媽媽究竟是怎樣的人？他們現在又在哪裏呢？她拚命去想，去回憶，但是，再也沒法想起什麼。

雨繼續下，一點沒有停的意思。小嵐身上越來越冷，肚子越來越餓，她不由得哭了起來。

爸爸，媽媽，你們在哪裏呀？快來救救我吧！

哭着，哭着，她身子晃了晃，倒下了。

第5章　破廟裏的邂逅

小嵐睜開了眼睛。

發覺自己躺在破廟角落的一堆乾草上，身上蓋着一件別人的衣服。那衣服很寬大，像是男人穿的。

發生什麼事了？她呆呆地想了好一會兒，想起了之前發生的事——到集市行乞，遇到大雨，到破廟避雨……

啊，記起來了！自己又冷又餓，昏倒了。

聞到一陣香味，她用眼睛搜索着。啊，看見了，離她五六步遠之處，燃着一堆火，火旁坐着一個人，那人正用樹枝叉着一個饅頭在烤焙。

「你醒了。」那人見她睜開眼睛，便取下饅頭，朝她走過來。

一個比自己大了幾歲的少年站在她跟前，朝她微笑着。

小嵐留意到，他身上只穿着一件單薄的衣服。

小嵐掙扎着爬起身，頭仍然有點昏，她說：「對不起，我想這衣服一定是你的吧？你穿上吧，你穿這麼少，會凍壞的。」

「你先披着……」少年說。

但小嵐硬把衣服塞回他手裏，少年只好把衣服穿

上。

少年仍然臉帶笑容：「你現在覺得怎樣了？我剛才路過，進來避雨，發現你發着高燒，昏倒在地上。我找了點草藥熬給你喝，你現在已經退燒了。你是因為休息得不好，加上又餓又冷，所以才病的。你一動不動地睡了四五個時辰，把我嚇壞了。」

小嵐這才發現外面的天色已近傍晚，她對少年說：「大哥哥，謝謝你救了我！」

「不用謝！」少年笑着說，「我姓楊，叫楊天行。你呢？」

小嵐說：「天行哥哥好！我叫馬小嵐。」

「噢，馬小嵐。聽你名字像是中原人。我也是中原人呢！」楊天行顯得很興奮。

小嵐有點迷惘地說：「中原人？我……」

楊天行繼續說：「我父親因為得罪了一些人，所以逃離中原，來到這裏。」

「哦，中原！」小嵐心想，我終於知道自己是從哪裏來的了。

楊天行把饅頭遞到小嵐手裏，說：「你一定很餓了，先吃點東西！」

小嵐從昨天到現在只吃了半個饅頭，她實在太餓了，連「謝謝」都沒顧上說，抓起饅頭就往嘴裏塞。

「小心噎着。」楊天行微笑着看着她，又取下身上的皮水袋，「來，喝點水。」

小嵐吃飽喝足以後，覺得身上暖暖的，心裏也暖暖的。她用感激的眼光重新打量眼前的楊天行。只見他身材魁梧，劍眉星目、豪氣逼人，令她想起了金庸筆下的那些仗劍走天涯的大俠。

突然，她腦海裏閃過了一個人的臉容，跟楊天行重疊在一起，也是這樣英俊之中透着豪氣，威嚴之中帶着溫柔……那是一種很熟悉很溫馨的感覺。

咦，自己想起誰了？親人？朋友？小嵐逼自己繼續想下去，希望找回失去的記憶。但是，那影像稍縱即逝，沒有了。

這時，楊天行看了看天，說：「小嵐，天色已晚，你家裏人一定很擔心，你趕快回家吧！」

小嵐一愣，她的心又一下跌到冰窟窿裏。想起阿荷那狡猾奸詐的臉孔，想起那間令人感不到一絲溫暖的屋子，她就感到不寒而慄。

「小嵐，怎麼啦？」楊天行看出小嵐的不開心。

「沒什麼。」小嵐趕緊說，「好了，我回家了。」

楊天行說：「好吧，你自己小心點。我有要事要辦，也要走了。」

小嵐走出破廟門口，回頭見到楊天行仍在看着她，便依依不捨地說：「後會有期。」

楊天行也朝她揮揮手，說：「後會有期。」

後會有期。
後會有期。

小嵐心裏好難受。回家？那能算是家嗎？

小嵐走了一會兒，又停住了。因為，眼前的一切都是那樣陌生，她不知道自己身處什麼地方，也不知道怎樣才能回到阿荷家。

「喂！」有人在背後拍了她一下。

扭頭一看，原來是朵娃。

「下雨時你跑到哪裏去了？雨停以後，一直不見你回來。」

「我……」小嵐不想講昏倒的事，便說，「我去廟宇躲雨去了。」

朵娃看看天，說：「噢，天要黑了，我要回去了。你也回家吧！你住在哪裏？」

「我……我住在阿荷家。」小嵐說。

「阿荷！」朵娃好像聽到了什麼厭惡的東西，鼻子都皺成一團，「你是她什麼人，她是世界上最壞的女人了。她常欺負我們。」

小嵐說：「我是在她家的傭人。」

「傭人？！」朵娃不相信地看着小嵐，「我跟阿荷同住在一條村子，從來沒聽過她家有傭人。而且，她窮得叮噹響，哪有錢請傭人。」

小嵐神情有點迷惘：「聽阿荷說，是我十歲那年，她用十吊錢把我買回來的。」

朵娃覺得很奇怪：「什麼意思，聽阿荷說？你自己

不應該最清楚嗎？」

小嵐說：「我昨天爬到樹上摘花，不小心掉了下來，把頭撞了一下，以前的事全都不記得了。是阿荷告訴我以前的事的。」

「嘿！狗嘴裏吐不出象牙，阿荷的話你也信。她是隻又狡猾又貪心的狐狸。」

「啊！」聽了朵娃的話，小嵐心裏也打了個問號。的確，以阿荷的人品，她要騙自己是很有可能的事啊！

朵娃還在說：「怪不得沒看見寶娃出來討飯，原來是阿荷撿了你這麼個便宜好使的傭人……」

小嵐想，也許朵娃的話是對的，得回去弄個明白。

她又問：「朵娃，你能告訴我，這裏是什麼地方嗎？」

朵娃驚訝地看着小嵐：「哎喲，看來你真是把什麼都忘了。這裏是西烏，全名叫西烏莎努爾，國王叫阿弗弗。」

「西烏莎努爾？」小嵐有點困惑，她對這個名字一點印象也沒有。

小嵐說：「朵娃，我們一塊走吧。我不記得回去的路了。」

「好啊！我帶你回去。」

兩個人一邊走一邊說話，不知不覺回到乞丐村。朵娃指着村子東頭說：「我就住村尾的最後一間。阿荷家靠村頭，你往西一直走，走過二十來間屋，就是阿荷家了。」

小嵐說：「好，謝謝朵娃！」

第 6 章　朵娃和她的弟妹

跟朵娃分了手，小嵐按她所指的路走了一會，就看見寶娃在一間屋子門口踢毽子。

一見小嵐，寶娃就朝屋裏喊着：「阿荷，小嵐回來了。」

話音剛落，阿荷就怒氣沖沖地跑了出來，朝小嵐劈頭劈腦地罵道：「你這死丫頭，跑哪裏偷懶去了！我下午在集市轉了一圈，都沒看見你！」

「我……」小嵐剛要説自己昏倒在破廟裏的事，但想想以阿荷的為人，怎會相信她的話，便沒有作聲。

「死丫頭，沒話講了吧！好，我要看看你在外頭呆了一天，討了些什麼！」阿荷朝小嵐打量了一下，「鉢子呢？錢呢？」

小嵐這才想起鉢子不知丟在哪裏了，便説：「對不起，鉢子丟了。錢沒討到。」

「啊！對不起？你以為説句好聽的，我就饒了你。」阿荷舉起手上的木柴，朝小嵐撲來，「死丫頭，看我打死你！」

小嵐往旁邊一躲，阿荷撲了個空，差點摔倒。她好不容易站穩，不禁惱羞成怒，像瘋子一樣，朝小嵐又是一撲。

小嵐這次沒有躲避，她伸手把阿荷拿着柴的手往後一扭，阿荷馬上大叫起來：「媽呀，痛死我了！」她拿着的柴也掉到地上了。

「哈哈哈，好看，好看！」寶娃在一旁看了，樂得拍手。

小嵐把阿荷的手放了。阿荷撫着手腕，惱恨地看着小嵐，但不敢再兇了。見到寶娃在拍手笑，便遷怒於女兒，怒道：「死丫頭，媽媽被人欺負，不來幫忙，還笑！你究竟是不是我生的！」

寶娃撇撇嘴，說：「誰叫你先欺負人，活該！」

「你……」阿荷惱火地朝寶娃伸出手。

小嵐一把拉住她，說：「放下你的手！我有話問你。」

阿荷轉身，雖然一臉的不服氣，但氣燄已減了大半：「有什麼好問的。」

小嵐雙眼盯着她，說：「我到底是不是你家的傭人？」

阿荷眼睛躲閃着：「當然是。你爹拿了我十吊錢，把你賣給我的。」

小嵐眼神變嚴厲了：「說實話！」

「我、我……」阿荷躲開小嵐的眼神。

小嵐逼前一步：「快說！」

阿荷嚇得猛眨眼睛，結結巴巴地說：「說……我

說……你不是我家傭人，你爹也沒有收過我十吊錢，是我騙你的。」

小嵐一聽，氣得火冒三丈，怎麼天下有這樣無良的人！她想，自己失憶，難道也是這女人害的？又逼前一步，問道：「你還對我做過什麼？我頭上的包是不是你打的？」

「不、不，不是！我沒有！」阿荷步步後退。她怕小嵐打她，一轉身跑到寶娃背後，用女兒的身體擋着。

寶娃說：「小嵐，我媽這次沒說謊。你的頭不是她打傷的。那天，我和媽路過，見到你昏迷在地上。我想應該是你從高處跌下來，撞傷的。我媽當時看到你的衣服漂亮，就脫下來讓我穿了。後來你醒了，什麼都不記得，我媽就冒充你的主人，把你帶回家幫我們幹活。」

小嵐點點頭：「寶娃，我知道你跟你媽不一樣。我相信你！但是，你能不能告訴我，我究竟是誰？」

寶娃說：「我真不知道你是誰。我以前從來沒有見過你。」

阿荷從寶娃背後探出頭來，說：「我在這裏幾十年，也沒見過你，八成你不是本地人，不知從哪裏冒出來的。」

小嵐神色有點黯然。不是本地人？天大地大，上哪去找回自己，找回自己的家呀！

阿荷見小嵐難受，心裏竟有點得意，說：「你根本沒地方去。我收留你，是做善事，你還不領情。哼！」

小嵐朝阿荷瞪了一眼，嚇得她又縮回寶娃背後去了。

小嵐對寶娃說：「寶娃，我走了。你是個好女孩，祝你好運！」

寶娃說：「小嵐，等一會兒。」

她轉身回房間，拿出小嵐那套衣服：「對不起，這衣服還給你。」

小嵐接過衣服，對寶娃說：「後會有期。」說完，轉身走了。

阿荷見小嵐走了，便從寶娃背後跑了出來，張牙舞爪地罵着：「死丫頭，你連有片瓦遮頭的地方都沒有，看你能熬幾天！保證你過兩天就回來求我……」

小嵐沒理她。她沒興趣跟這種人說話。

小巷裏黑咕隆咚的，連個人影都沒有；裏面也靜悄悄的，除了偶爾傳來一聲狗叫，就像死城一樣安靜。小嵐一個人走着，冷風嗖嗖，她不由得打了個冷顫，把雙臂抱在胸前。

一個女孩子，獨自一個人處身在這陌生的年代、陌生的地方，而且連自己是誰都不知道，這是一件多麼不幸多麼可怕的事情。幸虧，小嵐性格裏剛強的一面已逐漸回來了，她甚至想起了那句小嵐名言——天下事難不倒馬小嵐！

這乞丐村房子一間比一間破爛，小嵐想，每年隆冬，不知道住這裏的人是怎樣熬過來的。世界上怎麼竟有這樣窮困的人呢！

小嵐走着走着，在一間小屋子面前停了下來，那是朵娃的家。她走上前，用手拍了拍門，裏面馬上有人應道：「誰呀？」

小嵐說：「我找朵娃！」

門開了，開門的正是瘦瘦小小的朵娃。一見小嵐，朵娃就高興地喊了起來：「噢，是你呀，小嵐。快進來！快進來！」

朵娃拉着小嵐的手走進屋子。屋子裏還有兩個孩子，一男一女，都是大約十一二歲模樣。他們正用驚訝的眼神看着小嵐。

朵娃對小嵐說：「這是我的弟弟妹妹，他們是孿生的，弟弟叫草兒，妹妹叫花娃。」

又對那男孩女孩說：「草兒花娃，快過來。這是我新認識的朋友小嵐，你們可以叫她小嵐姐姐。」

草兒花娃都很聽話，齊聲說：「小嵐姐姐。」

小嵐心裏湧上一股溫暖，她開心地說：「草兒花娃，你們好！」

朵娃熱情地拉着小嵐坐到牀沿上。

小嵐打量了一下屋裏。朵娃的家比阿荷家還要破舊還要簡陋，屋子也比阿荷家小很多——屋裏沒有特別的間隔，只是中間掛了一塊破布，把屋子分成客廳和卧室。客廳裏只有一張桌子和幾張凳子。草兒和花娃，正趴在桌子上，對着一堆小石頭在玩抓子遊戲。

「你們家大人呢？」小嵐問。

「我就是家裏的大人啊！」朵娃說。

看到小嵐疑惑的眼神，朵娃說：「十年前，我爹被抓去當兵，戰死了。媽媽帶着我們三兄妹去討飯，但當時誰家的日子都不好過，我們常常一天都要不到一點吃的。媽媽把所有能吃的都給了我們，結果她自己餓死了。」

朵娃眼睛泛紅。

小嵐摟住朵娃的肩膀，說：「對不起，提起你的傷心事了。」

朵娃搖搖頭，說：「沒關係。」

小嵐看了看草兒和花娃，說：「那你媽去世的時候，他們才一歲多？」

朵娃說：「是呀，那時候，我也才六歲多。我背着一個，手拉着一個，在大街上討飯，飽一頓餓一頓的，就這樣把他們帶大了。」

小嵐看着朵娃，真沒想到，這瘦瘦小小的女孩子，竟要擔負這難以承受的重任。

「官府不知道這些事情嗎？他們沒想辦法幫助窮人嗎？」

「幫助窮人？哼，官府不欺負窮人就謝天謝地，還

幫助呢！那阿弗弗國王本來就不是個好人！」

朵娃一股腦兒把心裏的不滿說了出來。

原來，烏莎努爾是東烏和西烏兩個城市組成的，一向由三位首領統領，國家安定繁榮。十年前，駐守西烏的將軍阿弗弗謀反，趕走了西烏的官員，自己獨立做了國王。從此烏莎努爾變成了東烏和西烏兩個國家。」

朵娃說：「我憎恨這個國王，他對百姓一點都不好。這裏的百姓種田、做工或者做生意掙到的錢，都要交一半給他，說是存入國庫。但其實大多數都入了他的私人口袋。他花了很多錢建了個大樂皇宮，裏面很漂亮，國王天天在宮裏享受，大魚大肉，卻不管百姓死活。西烏絕大部分的老百姓都很窮，連頓飽飯都吃不上，很多人都只能像我們這樣，靠乞討為生。」

小嵐留心地聽着，心裏也覺得這國王太壞了。

「國王想連東烏也佔為己有，所以隔幾年就打一次仗，進攻東烏。一打仗，所有成年男人都要當兵上戰場。我爹本來是個教書先生，書教得好好的，硬被逼着上戰場。他根本就是手無縛雞之力的人啊！我憎恨戰爭，西烏的百姓都憎恨戰爭。每次打仗，不知又有多少人戰死沙場，多少人家破人亡，多少人餓死！」

朵娃一把抓住小嵐的手，說：「小嵐，你知不知道，我很不甘心。人活着為什麼一生下來就要受苦呢？人為什麼就不能活得快快樂樂呢？我渴望能過這樣一種生活，我能有一份能掙錢的工作，草兒和花娃能有飽飯吃，還可以讀書識字……」

小嵐毫不猶豫地說：「能，怎麼不能！這是很普通的事情啊！」

以往許多零零碎碎的生活場景不斷地從小嵐腦海裏掠過——飯桌上的佳肴美味、漂亮的高樓大廈、學校裏寬敞明亮的課室、孩子們幸福的笑臉……

於是，她又很肯定地重複了一遍：「一定能！」

朵娃驚喜地看着小嵐：「是嗎？真的能實現嗎？這話我跟很多人說過，但每個人都笑我傻，笑我做白日夢。」

小嵐說：「在我的家鄉，吃飽穿暖是起碼的事，人們希望的已經是吃的東西更美味更有營養，穿的衣服更漂亮更新潮……」

草兒和花娃好奇地靠攏過來，圍坐到小嵐身邊。

草兒問：「營養？小嵐姐姐，什麼是營養，營養很好吃是吧？」

「小嵐姐姐，新潮是什麼？是指新衣服嗎？我也希望有新衣服。」花娃指着身上穿的打了很多補丁的黑色衣服，說，「小嵐姐姐你看，我的衣服都是別人扔了不要的，都破了很多洞洞。我的願望是能穿上一件帶花朵的、紅色的新衣服。」

小嵐對花娃說：「在我的家鄉，你所希望的東西，

每個人都能擁有呢！」

草兒說：「小嵐姐姐，那你那裏能有不透風的屋子嗎？最好夏天是涼爽的，不用熱得汗流浹背；冬天是暖和的，不用凍得生病……」

小嵐說：「有啊！只要裝上冷氣機和暖氣，就能做到。不光這樣，我們的房子還有電燈，一按電鈕就亮得如同白天。」

「啊，真的？！」三姐弟一齊喊了起來。

花娃說：「你住的地方還有什麼？小嵐姐姐，快告訴我們！」

小嵐說：「還有能載着你在天上飛的飛機，能載着你在地上跑的汽車， 能載着你在海上走的輪船……」

就這樣，小嵐和這三姐弟聊了一晚上，他們都聽得呆了。小嵐在跟他們聊天的過程中，發現自己想起了越來越多的事情。她也很疑惑，為什麼自己以前住的地方，跟這裏差別那麼大呢？她想，自己一定來自一個很先進很繁華的地方。但是，她始終想不起自己是誰，也想不起身邊的人和事。

第7章　要打仗了

小嵐一覺醒來，天已大亮了。

雖然睡的是硬硬的木板，蓋的是又薄又破了很多洞洞的被子，但她仍然睡得香香的。因為她在朵娃家感到了安全，感到了溫暖。

看看身邊，草兒和花娃還睡得甜甜的。朵娃卻不見了。又聞到了米飯的香味，是從屋外傳進來的。

小嵐下了牀，走出屋外。見到外面有一處用竹竿和破蓆子支起的地方。朵娃蹲在一個用破磚頭搭起的爐子旁邊燒火。爐子上擱着一個鐵鍋，米香就是從那裏飄出來的。

「朵娃，早！」小嵐喊了一聲。

朵娃回頭見是小嵐，便也說：「小嵐，早！」

小嵐走過去：「要幫忙嗎？」

朵娃說：「不用，已經好了。」

朵娃邊說，邊把爐裏的火弄熄。

她又喊了一聲：「草兒，花娃！起來了，早飯好了。」

小嵐幫着把朵娃熬的粥端到屋裏，花娃一看，急忙起牀，跑到桌子前面坐下，津津有味的吃起來。

「饞貓，你還沒洗臉呢！」朵娃趕妹妹去洗臉。

花娃和草兒洗完臉過來了。草兒看了看碗裏的粥，說：「今天的米粒好多，姐姐，家裏還有很多米嗎？」

「正相反。家裏的米就剩那麼一點點了，我乾脆都煮了，讓你們吃頓好的。」朵娃說，「要是今天討不到東西，就得挨餓了。」

朵娃招呼小嵐坐下吃粥。小嵐拿勺子在碗裏撥拉了一下，發現那碗粥清清的，也不過就幾十顆米粒在翻着。天啦，這就是草兒嘴裏的「米粒好多」。可想而知，他們平時吃的是怎樣的東西。

草兒已經把那碗粥喝完了，正把舌頭伸進碗裏一下一下地舔着，直到把碗裏的粥水舔乾淨，才放下。小男孩正在發育期，這麼一點點米下肚，怎麼夠呢！

小嵐拿起碗，正想往草兒碗裏倒，這時朵娃已經搶先一步，把自己的粥倒了半碗下去。朵娃對小嵐說：「小嵐，你快吃吧！你以前一定沒挨過餓，吃稀粥已經夠難為你了。你就別管草兒了。」

小嵐沒管她，還是朝花娃碗裏倒了一點粥，又趁朵娃不注意，朝她碗裏倒了一點粥。

「你……」朵娃無奈，只好由她了。

吃完早飯，朵娃說：「我們今天起得比平常晚，好位置一定讓別人佔了，我們趕快出門吧！」

四個人急急忙忙去了集市。

眼前情景讓人吃驚，咦，發生什麼事了？

只見集市上人山人海、人聲鼎沸，人們拿着袋子、挎着籃子，擠在各家店舖門口，不管是吃的、穿的，還是用的，都搶着購買。那些店舖的老闆、伙計都忙得滿頭大汗、應接不暇。大家都看呆了。

草兒說：「哇，難道今天買東西不用錢？」

見到幾個衣衫襤褸的孩子走過來，朵娃問道：「富兒，桂娃，出什麼事了？那些人買東西好像搶似的。」

「你不知道嗎？國王昨晚頒布了命令，又要打仗了！」那個叫富兒的男孩說，「每次打仗東西都短缺，所以大家都盡量多買些吃的用的放在家裏。」

朵娃一聽臉色馬上變得慘白，喃喃地說：「又打仗了？天哪！真不知道又要死多少人。戰死的，餓死的……」

桂娃「哇」一聲哭了，抽泣着說：「是啊，我和哥哥今天一早起來，希望能討點東西，但一點也討不到。誰也顧不上我們了！人家自己都沒辦法過，還會接濟我們嗎？家裏能吃的只剩下一兩頓了，爺爺奶奶等着我們養活呢！再討不到東西，我們一家人肯定會餓死的。」

「妹妹，別哭了。我們再另外想辦法吧！」富兒拉着桂娃，兩個人垂頭喪氣地走了。

朵娃歎口氣：「富兒家真慘。他媽媽十年前因為去東烏探望父母，誰知碰上打仗回不來了。阿弗弗築了堅固的城牆，不讓東烏的人進來，也不讓西烏的人出去。他們爹爹不久前又被拉去當兵，沒法照顧家裏。富兒和

桂娃只好當乞丐，養活年邁的爺爺奶奶。」

小嵐心裏很難過，說：「他們太慘了。」

朵娃說：「其實乞丐村裏像富兒這樣慘的家庭很多，乞丐村住的基本上是士兵的家人，由於家裏沒了一家之主，剩下的又都是老弱病殘，所以日子挺難過的。」

一直沒有出聲的花娃，拉着朵娃的衣服下襬，問道：「姐姐，我們是不是要餓死了？就像隔壁海兒的媽媽那樣，被埋在土裏，再也不能回家，不能看到家裏人……」

朵娃摟住花娃，說：「不會的。姐姐一定不會讓你們餓着，姐姐要讓你和草兒都活下去，活到長大成人。」

小嵐在一旁看着，心裏很難過。世界上怎麼竟有這樣的國家，竟有這樣不顧百姓死活的國王。這樣的國王，應該讓他早日下台！

朵娃說：「看來我們不會要到什麼了。我們去採野菜吧，好歹能填飽肚子。」

草兒仰頭看着朵娃說：「姐姐，我們早幾天去採野菜，不是已經被別人採光了嗎？」

朵娃說：「我們去城外採。」

小嵐問：「朵娃，你剛才不是說，西烏城被堅固的城牆圍了起來，我們怎可以出去？」

朵娃說：「我和弟妹前兩天在後山玩的時候，發現有一個很狹窄的洞，那洞狹窄得只能讓身形瘦小的小孩子通過。我們試着穿過了那個洞，原來已經是城外呢！」

花娃說：「姐姐，我不想去。那山洞好黑又窄，好怕人！出了山洞，那邊更可怕，陰陰沉沉的，我還看見一塊大石上寫着三個字：『迷魂谷』！再說，我們到了城外，萬一迷了路，回不來，那就糟了！」

草兒打斷她的話，說：「你膽子真小！我覺得山洞那邊挺好玩的，我們除了摘野菜，還可以玩捉藏呢！你不用擔心回不來，上次出去時，我已經在城外洞口的入口處畫了隻老虎作記認……」

正說着，對面一間舖子的後門打開了，裏面走出兩個人來。一個胖點的像是老闆，另一個瘦點的像是伙計。伙計在胖老闆的指揮下，扛了四、五籮筐東西出來，又放到停在門口的一輛馬車上。

「啊，是番薯！」草兒驚喜地叫起來。

朵娃眼裏露出光彩，她對小嵐說：「你替我看着草兒花娃，我去要點番薯。」

「好的，你去吧！」小嵐心裏也很高興，真是「山窮水盡疑無路，柳暗花明又一村」啊！

轉眼間朵娃已經跑到店舖門口，這時，那胖老闆走進舖子裏，門口只有伙計在。

朵娃說：「大哥，請幫幫忙，給我一兩個番薯吧，

我家一點吃的都沒有了。」

伙計看了朵娃一眼，歎了口氣，小聲說：「小姑娘，我實在沒法幫你。胖老闆已經把番薯一一數過了，要是發現少了一個，會把我打死的。」

朵娃聽了，知道他的為難，便沒再吭聲。這時，胖老闆出來了。

朵娃跑到他跟前，說：「老闆！你行行好，給幾個番薯吧！」

胖老闆不煩耐地揮揮手，扯開粗粗的嗓子：「去去去，沒有沒有！」

又朝那伙計說：「還站那幹什麼，快幫我把這丫頭趕走！」

伙計走過來，對朵娃說：「小姑娘，走吧，走吧。」

朵娃扭頭看看，見到草兒和花娃都用渴望的眼神看着這邊，心一橫，一把拉住胖老闆的衣服，哀求說：「老闆，求求你！我家已經沒吃的了。」

那胖老闆一副厭惡的樣子，他邊掙開朵娃的手，邊吼道：「沒有沒有。你再不走，我就放狗了！」

「胖老闆……」

朵娃下面的話還沒出口，胖老闆朝屋內喊道:「富貴，富貴！」

一隻兇猛的大狗從屋裏跑了出來。牠體形大得嚇人，足有大人的肩部高，牠呲牙裂嘴的，就像一隻可怕的獅子。

那胖老闆朝大狗叫道：「富貴，去！去！咬那臭丫頭！」

那狗「汪」地吠了一聲，就朝朵娃撲過去。朵娃要跑已經來不及了，嚇得呆在原地。

一個人飛身過來，擋在朵娃面前，並朝惡狗怒喝一聲：「站住！」

說也奇怪，那奔到面前的惡狗竟然收住了腳步，呆立在那裏。可能牠跟牠的主人一樣，從來就仗勢欺人，沒想到竟然有人敢跟牠抗衡。

護住朵娃的人是小嵐。

小嵐在對面一直關注着，見到朵娃為了弟妹低聲下氣、苦苦相求，心中已是不忍，便走過來想要拉走朵娃。剛碰上惡狗撲來，便急忙跑來相護。

那胖老闆見到這小丫頭竟敢喝他的狗，十分惱怒，大喝道：「哪裏又來了一個臭丫頭！」又朝惡狗喝道：「富貴，你找死啊！連個丫頭都怕！快上！咬她們，咬！」

那惡狗這時已緩過氣來，看清擋路的只是一個弱小的女孩，便又張牙舞爪，作出姿勢要攻擊小嵐跟朵娃。

正在這時，有個眉清目秀的女孩從屋裏走出來，聲音脆脆地喊了一聲：「富貴！回來！」

惡狗一聽，馬上停止了攻擊，轉身跑回女孩身邊。

女孩說話挺溫柔的：「爹爹，放過她們吧！只是兩個小女孩，別對她們那麼兇，好嗎？」

胖老闆說：「臭乞丐罷了，你幹嘛幫她們！」

女孩說：「爹爹，我不喜歡你對人那麼兇。」

小嵐看了女孩一眼，見她生得乖巧秀氣。心想：也真奇怪，這麼無良惡毒的父親，竟生出這樣一個女兒！

趁着這時，小嵐趕緊拉着朵娃走了。那惡狗猶如一頭猛獸，實在不是她能對付的。

背後傳來女孩的聲音：「爹爹，你把番薯運去哪裏呀？」

胖老闆笑嘻嘻地說：「爹爹拿去倉庫藏起來。要打仗了，城裏食物一定越來越少。我放它一段日子，等到食物奇缺時再拿出來賣高價，可以比現在多掙十幾倍的銀兩呢！」

女孩說：「爹爹，這樣做不好！再說，我們家不是已經有很多很多錢了嗎？還要那麼多錢做什麼？」

「傻女，錢當然是越多越好了！爹一聽見那銀元叮叮噹噹的聲音就開心……哈哈哈！」胖老闆的笑聲就像破銅鑼一樣難聽。

女孩說：「聽媽媽說，倉庫裏已經放滿了東西，有些放久了都開始腐爛了。這些番薯，就送給一些窮困的人家吧！」

胖老闆道：「哼，就是爛掉了也不給那些窮鬼！」

小嵐和朵娃互相看了一眼，心裏都恨透了這無良胖老闆。

第 8 章　智取大番薯

四個孩子沿着大車路，向後山走去。走了一會兒，花娃便說累了，大家只好在路邊的草地坐下休息一會兒。

正在這時，一輛馬車從旁邊飛馳而過，在離他們十幾米遠的地方停下了。趕車的人跑下來，拿了個小桶，在路邊的小河打了桶水，拿去餵馬。

朵娃一看，說：「咦，那趕車的人不是無良胖老闆嗎？」

小嵐抬頭看了看：「沒錯，就是他！」

朵娃惱恨地說：「他一定是把番薯運去藏起來！這種人，會有報應的。」

小嵐眼珠骨碌碌地轉了轉，說：「我想到辦法了！你們準備撿番薯吧！」

小嵐貓着腰，利用路旁的樹和草的掩護，輕手輕腳地向馬車方向走過去。走到馬車旁邊，她蹲在草叢裏，等候機會。

胖老闆專心地看馬喝水，一點沒留意在他幾步遠的草叢中有人。小嵐趁他背向自己的時候，快步走出草叢，跑向馬車，把遮掩的布簾一揭，躲進了馬車內。

小嵐身輕如燕，沒有發出一點聲音，所以胖老闆一點沒發覺身後的馬車上去了一個人。

馬兒「呼哧呼哧」地喝完了水，胖老闆把水桶往馬背上一掛，坐上馬屁股後面的車杆上，大聲喝了一聲：「吁——」

馬兒撒開四條腿，「得得得」地跑起來了。胖老闆也許想到身後五大筐番薯以後會變成白花花的銀子，不由得高興地唱起一首古里古怪的歌：「天上掉下個金元寶，砸呀砸到我頭上。頭上起了個大包包，不覺得痛呀，不覺得痛——」

躲在馬車裏的小嵐馬上開始行動，她把車簾揭起，搭在一旁，然後把籮筐裏的番薯一個一個扔到路上……

朵娃和草兒、花娃見到那麼多番薯扔到路上，開心得快瘋了！他們叫着喊着跑出來，草兒撿起一個小番薯，用衣服擦了擦，就吃了起來。花娃也撿了一根番薯，「咔嚓」一聲咬了一大口。

朵娃說：「先別貪吃，我們想想找什麼東西，把番薯帶回去。」

一時找不到裝番薯的東西，草兒乾脆脫掉外面的長褲，把褲腳打了個結，然後把番薯裝進褲子裏。朵娃和花娃就脫下外衣當包袱，把番薯包起來。

馬車上的小嵐爭取時間，拚命往下扔呀扔呀。而那馬蹄的得得聲，馬車的轔轔聲，胖老闆得意洋洋的歌聲，正好掩蓋了她扔番薯的聲音。

她把車簾揭起，搭在一旁，然後把籮
筐裏的番薯一個一個扔到路上……

小嵐發現一個個扔得太慢，時間長了恐怕被老闆發現，便想把整籮番薯往車下推。但一籮番薯好重啊，根本沒法移動，她只好拚命扔、扔、扔。扔了一半，籮筐輕了一點兒，她就使勁把籮筐一點點移動，終於把籮筐挪到車邊沿，再用力一推，推下車去。

用這個方法，小嵐很快把兩籮筐番薯推下車了。她想該走了，否則讓胖老闆發現就麻煩了。於是，她縱身一跳，跳下了車。眼看着胖老闆唱着歌駕着馬車漸行漸遠，小嵐高興得大笑起來。

這時朵娃跑了過來，她一把拉住小嵐的手，開心得語無倫次的：「好多番薯，好多番薯！我們不會餓死了，不會了！小嵐，小嵐，太好了！太好了！太好了……」

「哎喲！」小嵐縮回手。

「你的手怎麼啦？」朵娃拉起小嵐的手一看，啊，上面讓籮筐的竹子刺破了多處，流着血呢。

「天啦，一定很痛！」朵娃心疼地嚷了起來。

小嵐說：「沒事，沒事！」

「傷成這樣，怎會不痛！」朵娃把衣服下襬撕了一片下來，給小嵐輕輕地纏上。

「謝謝！」小嵐說，「我們趕快把散落的番薯收拾好。」

兩個女孩子找回兩個籮筐，歡天喜地往回走，一路

把番薯撿起來。當她們碰到草兒花娃的時候，只見花娃用上衣把番薯包了一大包，用手捧着，但一路走番薯一路下掉。而草兒把一條褲子塞得滿滿的扛在肩上，十分滑稽。

小嵐和朵娃見了，笑得前仰後合。

因為番薯太多，四個孩子來回走了很多趟，才全部拿回了家。

當天晚上，朵娃那間破舊的小屋充滿了笑聲，大家嚐着熱辣辣香噴噴的番薯，講着小嵐姐姐「智取番薯」的故事，都樂不可支。

晚上，草兒和花娃睡了。這兩個小家伙，夢中還開心得嘻嘻地笑着。小嵐和朵娃也睡下了。黑暗中，小嵐聽到朵娃突然哭了起來。小嵐嚇得趕緊問：「朵娃，朵娃，你怎麼啦？」

朵娃哽咽着說：「我是因為高興。這十年來常打仗，每次打仗，乞丐村都會死一些人，那是餓死的。沒餓死的也都只剩下半條人命。我和弟弟妹妹好不容易才撐到今天。以前碰上打仗，都碰巧家裏有點吃的存着，我們再去採野菜，湊合着吃沒有餓死，這次家裏一點吃的都沒有了，我還以為這次死定了……」

小嵐拍着朵娃的肩膀，哄小孩似的：「朵娃，別哭了，以後有什麼事，我們一起面對。記住，天無絕人之路。」

「嗯！」朵娃使勁點頭，她想了想，又說，「小嵐，有一件事跟你商量。」

小嵐說：「什麼事？」

朵娃說：「我想把番薯拿一部分出來，送給村裏困難的人家。就像富兒桂娃家，爺爺已經八十多歲了，還在生病，小弟弟還小……」

小嵐拉着朵娃的手，感動極了。大難當頭，還會想到其他人，真是個善良的女孩。

「朵娃，我支持你！我們明天就送番薯給那些困難的家庭。」

第9章　採藥救人

第二天，小嵐和朵娃把大部分番薯送給了乞丐村的窮人，像富兒他們家那樣特別困難的，就多給一些。

富兒一家收到番薯，高興得流了淚，為了表示感謝，桂娃還回贈了一條用小果實串成的手鏈給小嵐，她說是小時候父親給她做的。

經過阿荷家門口，見到阿荷和寶娃眼饞地望着她們，小嵐也不計前嫌，把幾個大番薯塞到寶娃手裏。

那一天，她們都很開心，幫助人是一件很快樂的事。

這天晚上，天很冷，草兒和花娃早早就睡下了。因為打仗，國王要提防有東烏的人混入城中探聽他們的軍事秘密，所以天一黑，就不准行人在街上走。

小嵐和朵娃正要睡下，突然聽到遠遠傳來一片叫喊聲和急促的腳步聲。

「抓探子！」

「抓住他！」

「他跑哪去了？」

「逐家逐戶搜，他跑不了的！」

「就從村頭開始搜……」

接着，就聽到如狼似虎的叫喝聲、敲門聲。

朵娃說：「一定是狼虎隊發現了東烏來的人，在追捕呢！」

「狼虎隊？」

「狼虎隊是國王的御用軍隊，是專門替國王監視老百姓的。因為那些人很兇很殘酷，平日對窮人打打殺殺，如狼似虎，所以我們都稱他們做狼虎隊。」

正在這時候，聽到屋外廚房裏發出一聲響。

小嵐和朵娃互相看了一眼，朵娃把油燈拿在手上，打開了門。兩人一同走了出去。

「啊！小嵐，你看，你看！」朵娃驚恐地指着廚房角落的柴草堆。

小嵐一看，只見柴草堆上倒着一個人。

「是誰？」小嵐喊了一聲。

那人一動不動的，也沒答應。朵娃嚇得往小嵐身後躲。

小嵐說：「朵娃，把油燈給我。」

小嵐把油燈湊近那人，發現是一個渾身鮮血的少年。好臉熟，啊，小嵐大吃一驚，這人不正是兩天前救了自己的天行哥哥嗎？！

「天行哥哥，天行哥哥！」小嵐喊着。

楊天行一點反應都沒有。

「你認識他？」朵娃嚇得渾身打顫，「他，他死了嗎？」

小嵐也嚇得心撲撲跳，她急忙把油燈遞給朵娃：「你快給我拿着燈，我檢查一下。」

小嵐隨手拿起一根軟軟的小草，放在楊天行鼻子下面，小草動了呢！他還活着，天行哥哥還活着。

小嵐又緊張地替楊天行檢查，發現他胸口和小腿各有一處很深的刀傷，傷口還不停地往外冒血。

小嵐着急地說：「如果一直這樣流血，他很快會沒命的。朵娃，家裏有沒有乾淨點的布條，快拿來！」

「好！」朵娃應了一聲，跑回屋裏，很快拿來了一件乾淨衣服。

她「嘶」地把衣服撕了一條下來，遞給小嵐。小嵐也沒說什麼，接過就替楊天行包紮傷口。

整件衣服都撕碎了，包在楊天行傷口上，但是，仍擋不住鮮血流出。布條很快就被染紅了。

「天哪，怎麼辦？怎麼辦？」朵娃嚇壞了。

小嵐也差點亂了方寸，但她強令自己鎮靜下來。她突然想起，有誰跟自己說過，有一種有着很多小齒的野草，輾碎了可以用來止血。

小嵐說：「朵娃，我出去一下，看看對面草地裏能不能找到能止血的草藥。」

朵娃一把拉住她：「不行，你提着燈，很容易被狼虎隊發現，他們會把你抓去坐牢的。求求你，等狼虎隊走了再去找吧！」

小嵐看看楊天行，說：「不行。遲一分鐘天行哥哥就多一分危險，決不能等！」

她又對朵娃說：「你先用草把天行哥哥蓋住。萬一狼虎隊來了，你裝作剛從牀上起來，什麼都不知道。」

小嵐說完，拿了油燈跑了出去。

十幾步遠就是一片草地，長滿了亂七八糟的野草。即使是白天，從亂草中找到那種長滿小齒的草已是不容易，何況是在黑夜裏。小嵐跪在地上，利用油燈微弱的光，一寸一寸地找着。

時間一分一分地過去，狼虎隊的聲音已越來越近，他們快來到村尾了。只要他們走過來，很容易就會發現黑暗中那盞油燈的。

但小嵐已顧不上危險了，她心裏只有一個聲音：快找到止血草，天行哥哥不能死！

突然——

大樹下，一棵小草映入眼簾：碧綠碧綠的，有着小小的齒……

止血草！

小嵐的心高興得狂跳起來。她趕緊把油燈放在地上，就去拔止血草。拔了一堆，看看夠敷傷口了，抱起剛要回屋，突然聽到一陣人聲。一看，糟了，狼虎隊過來了！

小嵐慌忙吹熄了油燈，躲在樹後面一動不敢動。

「砰砰砰！砰砰砰！」村尾幾戶人家的大門同時被敲得震天響。

小嵐緊張地盯着朵娃家的大門。那門口有三個狼虎隊隊員，都一手拿着馬燈，一手拿着武器。

朵娃家的門開了，朵娃走出來，她擦着眼睛，問：「什麼事？」

一個像是小頭目的狼虎隊員問：「有外人來過沒有？」

朵娃説：「什麼外人？我家只有姐弟妹四人，姐姐去外婆家了，現在就只有我和弟弟妹妹。」

小頭目推開朵娃，進屋搜索。有一個狼虎隊員也跟了進去。

小嵐的心突然撲撲跳了起來。糟了，沒進屋的那個狼虎隊員，提着馬燈進了廚房。

狼虎隊員沒有馬上出來。

小嵐的心一下子提到了嗓子眼。朵娃家的廚房很小，一眼就能看盡，那人怎麼還不出來呢！莫非他發現了什麼？

這時，進了屋的兩個狼虎隊員出來了，沒看見同伴，便喊了一聲。那個進了廚房的人出來了，只見他嘴巴在快速咀嚼着，手裏還拿着什麼。

小頭目罵道：「臭小子！你八輩子沒吃過東西嗎？叫你搜人，你就偷吃！」

他說完，劈手奪過對方手裏的東西，往自己嘴裏塞。又含混不清地説道：「這番薯還真甜。」

這時，其他隊員也搜完了，紛紛來報，説是沒搜到探子。

小頭目道：「搜下一條村，別讓他跑了！」

看着狼虎隊離開了乞丐村，小嵐懸在嗓子眼的心才落下。她急忙抱起那一堆小齒草跑回朵娃家，跑進廚房裏。

朵娃一見便說：「小嵐，剛才好驚險，嚇死我了。我真怕他們發現藏在草裏的天行哥哥。」

「我都看見了，朵娃，你真勇敢！天行哥哥沒被抓走，全是你的功勞呢！」小嵐拍拍朵娃肩膀，又說，「你快幫我把這些草搗爛了。」

她又趕緊扒開蓋着楊天行的草，看見楊天行雖然仍昏迷着，但尚有生命跡象，才稍放了心。她小心地替楊天行解下包紮的布條，血仍在流着。

這時朵娃已把草搗爛了，小嵐讓她舉起油燈照着，然後把搗爛的草一點點敷在楊天行傷口上。

啊，真靈！傷口真的不再流血了。小嵐和朵娃互相看看，都鬆了一口氣。

這時，楊天行動了動，緩緩張開了眼睛。

朵娃高興地說：「醒了，他醒了！」

小嵐看着楊天行，說：「天行哥哥，你還認得我

天行哥哥，你還認得我嗎？
小……嵐……

嗎？」

楊天行點了點頭：「小……嵐……」

小嵐開心極了，天行哥哥醒了，還認得她。楊天行掙扎着要起來，小嵐和朵娃忙扶着他，讓他靠着牆壁坐了起來。

小嵐問：「天行哥哥，你真是從東烏來的探子嗎？」

楊天行説：「是的。阿弗弗十年前奪走西烏城，現在又賊心不死，想再發動侵略，霸佔東烏。我是來打探他們進攻的日期和路線，以及兵力分布情況的。知己知彼，才能百戰不殆，更好地擊退他們的進攻。」

小嵐説：「天行哥哥，阿弗弗發動的是非正義的戰爭，他一定會失敗的！我支持你們，支持東烏！」

朵娃也説：「大哥哥，我也支持你，支持東烏！我父母是因為十年前那場戰爭去世的，我希望和平，我希望阿弗弗下台！」

楊天行説：「會有那麼一天的。我信『得道多助，失道寡助』，阿弗弗一定會下台，東西烏一定會統一的。」

楊天行説完，又掙扎着要站起來：「我得趕快回東烏，把打探的情報送回去。」

小嵐説：「天行大哥，你傷成這樣，還能走路嗎！起碼休息一個晚上，明天再回去吧！」

楊天行還是要走。小嵐沒辦法，只好說：「那你也得先換件衣服，看你身上全是血，狼虎隊一見就知道你是他們要找的人。朵娃，有合天行大哥穿的衣服嗎？」

朵娃說：「有，我父親生前的衣服還留着。」說完便進屋，找了一件男人衣服出來，給楊天行換上。

小嵐他們怎麼也沒有想到，一個極大的危險在向他們逼近呢！

第 10 章　被狼虎隊追殺

自從阿荷見到小嵐派番薯，心裏就開始恨恨的。原以為這丫頭離了她就活不了，很快會回來哭哭啼啼地求她收留。誰想到，這死丫頭不但活得好好的，而且不知從哪裏弄來了這麼多番薯。

戰爭時期，這番薯放在有錢人家也是緊俏貨啊！

阿荷想，這死丫頭竟然把珍貴的番薯派給街坊，她一定還藏着很多很多。不如趁夜深人靜時，去朵娃家偷一些。

打定主意，她等狼虎隊一走，就悄悄出了門，向朵娃家走去。她聽到廚房裏有人説話，便從破蓆子的洞往裏瞧，沒想到，卻看到了裏面發生的事。

阿荷又驚又喜。這死丫頭，膽子真大，竟然膽敢收留東烏探子！這回好了，我可以報仇了，馬上報告狼虎隊，看你這死丫頭不死也惹一身蟻！況且，剛才狼虎隊的人説，如果發現了探子，向他們告密，會有賞錢呢！

哈哈，又報了仇又有賞錢，真是太好了！

阿荷正美滋滋地想着，突然有人在後面拍了她一下，做賊心虛的她嚇得三魂不見了七魄。

一看是寶娃。原來剛才阿荷出門時，讓寶娃看見了，心想阿荷鬼鬼祟祟的一定有古怪，便跟在她後面。

當然，阿荷看見的，寶娃也看見了。

寶娃知道母親想幹什麼，便拉住她，說：「你不能去告密！」

阿荷說：「為什麼不能？這正是懲治小嵐那臭丫頭的大好機會呢！而且，還有賞錢！」

寶娃生氣地說：「本來就是我們首先對不起小嵐。你還想害她到幾時！我不許你去告密！」

阿荷說：「死丫頭，我是你娘呢，難道要娘聽你不成？我現在就去！」

阿荷拔腿要走，寶娃急忙拉住她：「不行，我不許你去！」

她們在門口嘰嘰咕咕的說話聲，已經驚動了裏面的小嵐和朵娃，她們從廚房跑了出來。

見到阿荷母女在門口拉拉扯扯的，小嵐一愣，忙問：「寶娃，怎麼回事？」

寶娃着急地說：「小嵐，你快跑，阿荷發現你們廚房裏藏着探子，她要向狼虎隊告密！」

小嵐大驚，轉身就往廚房跑。以阿荷的為人，她會這樣做的。得馬上把天行哥哥轉移到別處。

「天行哥哥，有人發現了你，要告密！來，我扶着你走，我們馬上離開這裏。」小嵐急着扶楊天行起來。

楊天行掙扎着站了起來：「不，我自己走！我不能連累你們。」

小嵐斬釘截鐵地説：「不行！我一定要陪你走。你傷成這樣，沒有人照顧，怎能走路呢！」

朵娃説：「我也可以幫忙，扶大哥哥走。」

小嵐説：「朵娃，你不能跟我們走。你得照顧草兒和花娃。你馬上叫他們起來，先找個地方躲躲，我怕阿荷連你也告了。」

小嵐説完，扶着楊天行就往外走。屋外，寶娃還在拚命拉住阿荷，但明顯地已快控制不住阿荷了，她朝小嵐説：「快跑！快！」

「謝謝你，寶娃！」小嵐對寶娃説完，扶着楊天行急急離去。

阿荷見到，更用力掙扎。朵娃見到寶娃快抓不住了，正想去幫忙，怎知這時候阿荷使勁把寶娃一推，拔腿跑了，很快消失在黑夜中。

只聽到阿荷邊跑邊叫：「探子在這裏，探子在這裏，快來抓探子啊！……」

「該死！」寶娃惱怒地一頓腳。

遠處傳來一陣叫囂：「探子在哪裏？在哪裏？」

「往哪方向去了？」

阿荷刺耳的聲音：「那邊，美侖村那方向！」

寶娃使勁地一跺腳：「阿荷，小嵐要有什麼事，我不會饒你！」

朵娃眺望遠處，滿眼都是擔心。

究竟小嵐和楊天行情況怎樣呢？黑暗中難辨方向，所以兩人只能有路就走。

楊天行身有刀傷，胸口的傷痛還可以強忍，但腳上的傷就每走一步都痛得鑽心，在小嵐攙扶下，他強撐着走啊走啊。

身後傳來人聲，紛沓的腳步聲。

「走快點，聽說探子受了傷，應走不遠。」

啊，追兵來了。該死的阿荷！

小嵐心裏很焦急，無奈楊天行走不快，她又無力把他背起。楊天行再也走不動了。

人聲越來越近了。楊天行說：「小嵐，你別管我了，這樣我們兩個人都會被抓的。你自己快跑吧，他們抓了我，就不會繼續追你了。」

小嵐說：「不行！絕對不行！」

可是這樣下去也不是辦法，正如楊天行所說，結果只能是兩個人都被抓。怎麼辦呢！

情急之中，小嵐發現他們走進了一條後巷，一間民宅的後門，門半掩着。

進去躲躲！小嵐當機立斷，一手推開門，扶着楊天行走了進去。

是大戶人家的房子呢！進門便是一個露天花園，花園三面是一個個房間。穩約聽到一男一女的說話聲漸近，小嵐急忙推開最靠近的一個房間的門，扶着楊天行走了進去，然後轉身把門關上。

馬上聞到一陣香味。一看房內陳設，原來是走進了一個女孩子的閨房。幸好屋裏沒人。

剛才聽到的説話聲來到了門口。

「女兒，幸虧還有你陪爹説話！哼，你娘，你哥，一個個睡得像死豬似的，誰也不肯起來。唉，爹到現在心裏還氣得慌呢！五籮筐番薯，好好地放在馬車上，怎麼就不見了兩籮筐呢！那可是兩籮白花花的銀子啊！氣死我了！氣死我了！」説話的人粗聲粗氣的。

接着，聽到一把清脆溫柔的聲音：「爹爹，你就別再生氣了。沒了就沒了，別氣壞了身子。你趕了一天馬車，剛回來，一定很累了。我叫奇嫂做了宵夜，你吃完就趕緊睡吧！」

「好吧，爹不生氣了。爹吃完宵夜就睡，你也睏了，快進屋睡吧。爹去吃宵夜了。」

「嗯。爹爹，晚安！」啪達啪達的腳步聲離去。

這時，門「吱呀」一聲被人推開了，那人一見房內有人，嚇得呆若木雞。

小嵐一直覺得門外的對話聲音好熟。一看那人，竟是白天叫住惡狗、救了小嵐和朵娃的那個眉清目秀的女孩子。

那剛才和她説話的人一定是胖老闆了。怪不得聲音這麼熟！真是冤家路窄，竟躲進他家來了。

「噓！」小嵐把手指擱在唇邊，示意女孩別作聲。

那女孩顯然也認出小嵐來了。呆了一下，回身關上了門。

小嵐說：「我們不會傷害你的，只是被人追捕，無意中躲了進來。等追兵走遠了，我們就會離開。你肯幫我嗎？」

那女孩毫不猶豫地點點頭。小嵐這才鬆了口氣，對女孩說：「謝謝你！」

女孩正要答話，突然門外響起了那把粗粗的聲音：「女兒，開開門。」

小嵐頓時緊張起來。不能讓胖老闆看見她和楊天行。她朝女孩看過去，女孩當然明白她的意思，便說：「爹，什麼事？」

「我買了一樣小玩意給你，剛才忘記給你了。」

女孩說：「謝謝爹！不過，我已經睡下了，你明天再給我好嗎？」

「好好好，爹先替你收着，明天再給你。你睡吧！」啪達啪達的腳步聲又遠去了。

女孩朝小嵐和楊天行笑笑：「沒事了。如果不介意的話，就在這裏呆到天明再走吧！」

楊天行說：「謝謝你！但是我們不能留在這裏。狼虎隊追不到人，一定會回來入屋搜查，萬一被他們發現了，會連累你們的。趁着他們到前面追人了，我想現在就得離開。」

女孩看了看楊天行，說：「大哥腳上有傷，怎能跑得過那些追兵呢！我找一匹馬給你們！」

小嵐感動極了，「謝謝你想得這麼周到，謝謝你這樣鼎力相助。」

楊天行也說：「姑娘，我們非親非故，你都可以這樣幫忙，如果我們能脱險，定當報答小姐。」

女孩說：「我從沒想過要你們回報。我爹爹做了很多壞事，我惟有盡量多幫助有需要的人，多做好事，為他贖罪。」

小嵐很感動：「你爹有你這樣的女兒，是他的福氣。」

女孩帶着小嵐和楊天行，悄悄走到馬圈，胖老闆剛用完的大白馬正在埋頭吃草，女孩拍拍牠的肚子，說：「小白呀小白，又要辛苦你了。你要加油，一定要替我把兩位送到安全地方。」

白馬好像聽懂似的，用舌頭不住地舔她的手。

小嵐在女孩的幫助下把楊天行扶上馬背，她自己也蹤身一跳上了馬，坐到楊天行後面。

小嵐轉頭問女孩：「還沒請教大名？」

女孩笑着說：「我叫芳娃。」

「我叫小嵐，他是天行哥哥。芳娃，後會有期！」

「後會有期！」

第 11 章　出城驚魂

白馬撒開四腿，飛快地跑起來了。聽到一陣鬧哄哄的聲音，原來是狼虎隊追到美侖村的盡頭，都沒追到人，於是開始逐家逐戶搜人了。黑壓壓的人布滿了大街。楊天行説：「小嵐，你坐穩，我們衝過去。」

「好！」小嵐雙手緊摟住楊天行的腰。

楊天行雙腿把馬肚子一夾，白馬飛一般向狼虎隊衝去。

「要活命的，快閃開！」楊天行喝着。

「馬來啦，快躲啊！」

「攔住他們！」

「他們就是探子！抓探子！」

一片喊聲。

楊天行和小嵐在一片叫喊聲中衝了過去。

「追啊！」

「別讓他們跑了！」

那匹白馬很能跑，很快就擺脱了狼虎隊，吵吵嚷嚷的聲音離得越來越遠了。

楊天行説：「他們還是很快會追過來的，我們趕快去南門，找機會出城。南門是四個城門守衞最薄弱的地方，我來的時候，就是趁着夜深人靜從南門進來的。」

白馬朝南門跑去，很快去到了禁區。楊天行說：「奇怪，往日這禁區已有士兵守衞，不准進入，怎麼今天沒人守。」

小嵐說：「可能是把衞兵調去追捕我們了。哈，真是天助我們了！」

因為怕驚動守門士兵，楊天行把馬勒住，兩人下了馬。

悄悄走近城門，見到有兩個身形高大的衞兵，手拿大刀在守衞着。月光下，那兩把大刀寒光閃閃，看上去十分鋒利。

以楊天行的傷勢，還有手無寸鐵的小嵐，肯定不是他們對手。況且楊天行知道，城門旁邊守城衞隊的營地裏，還駐有許多衞兵，只要守城那兩人大聲一喊，馬上會衝出來增援。

怎麼辦？

兩人只好躲在角落裏，尋找機會。

那兩名衞兵大概站着無聊，便東一句西一句地聊了起來。

「兄弟，你有多長時間沒回家了？」

「一年了。唉，離家時我媳婦還懷胎八月，現在孩子早該生了，現在七個月大了吧！還不知是男孩是女孩。我真想回去看看孩子。」

「我從被征兵入伍，至今也有半年多了。我老婆在

東烏不能回來，家裏沒人照顧。唉，都不知我那八十多歲的父母，還有富兒桂娃，日子怎麼過！」

小嵐心裏打了個愣。這人的兒女叫富兒桂娃，家裏還有八十多歲的老人，天哪，難道他就是富兒桂娃的爹？！

一定是！朵娃不是說，他們的爹是不久前被征兵入伍的嗎？

小嵐一顆心興奮得快要跳出來，她小聲對楊天行說：「我認識那衞兵的兒女。」

楊天行聽了，也很是驚喜。

也真是巧。這時另一衞兵捂着肚子，說：「哎呀，今天吃錯了什麼，肚子老是痛。我得去方便一下。」

富兒爹聽了忙說：「那你趕快去吧！快去快回。要不等會頭兒來查崗，會罵人的。」

「好，好！」那衞兵捂着肚子，小跑着離開了。

小嵐大喜過望，她看看周圍，靜悄悄，一個人也沒有。便對楊天行說：「你別出來，我先去探探口風。」

說完，就跑了出去。

富兒爹見有人朝城門口走來，忙舉起大刀，說：「誰，站住！」

見是個女孩子，又說：「小姑娘，你快走，這裏是軍事禁區，不許百姓進入的，讓長官看見了，你會被抓去坐牢的。」

小嵐走近幾步，說：「伯伯，您是不是富兒、桂娃的爹爹？」

富兒爹大吃一驚，說：「你怎麼知道的？」

小嵐說：「我是富兒、桂娃的朋友呢！」

小嵐說着，拿出桂娃送給她的手鏈，「看，這是桂娃送給我的。」

富兒爹認出是女兒的東西，眼淚嘩嘩地流出來了：「富兒他們過得好嗎？」

小嵐說：「他們沒了伯伯的照顧，只能去乞討。爺爺奶奶年紀大，最近又病倒了……」

富兒爹更傷心了：「可憐的孩子！只恨當爹不能回去照顧你們！」

小嵐說：「伯伯，您放心吧！大家都會幫他們的。我們今天還送了番薯給他們充飢呢！」

富兒爹很感激：「那太謝謝你們了。希望這場戰爭早日結束，我們好回去照顧父母孩子。」

小嵐說：「伯伯，有件事不知您能不能幫忙。」

富兒爹說：「你說，能幫的一定幫。」

小嵐想，不能說出天行哥哥的身分，他會害怕的，便說：「我哥哥病得很厲害，城裏所有大夫都看過了，也沒治好。我聽說附近羅荷城有一個很厲害的大夫，能治百病，所以，我想送哥哥出城，去羅荷城找那大夫看病。」

富兒爹猶豫了：「出城，這……」

小嵐說：「伯伯，求求您了！大夫說，我哥哥的病不能拖了，要是找不到醫生治療，他活不了幾天了。嗚嗚嗚……」

也許是焦急的緣故吧，她竟真的哭了起來。

「別哭，別哭。」富兒爹看看四周沒人，說，「好吧，我幫你。動作快點。趁我拍檔去了茅廁，要不他回來你就走不了啦！」

小嵐一聽高興極了，說：「謝謝伯伯，謝謝伯伯！我馬上帶我哥來！」

小嵐急忙跑到拐角處：「天行哥哥，我說服富兒爹讓我們出城了。你趕快上馬吧！等會出城，你只管伏在馬背上，閉着眼睛別吭聲。不管發生什麼事，你都別管，一切我來應付。」

楊天行照做了。小嵐牽着馬來到城門口，富兒爹馬上搬動閂着城門的那根粗大的橫杠，然後去推城門。

那道門又厚又重，富兒爹使盡力氣，門只動了一點點。小嵐見了，也去幫忙。女孩子畢竟力氣小，門還是推不開。

楊天行見了心裏也急，真想跳下馬幫上一把。正在這時，聽到一把驚駭的聲音：「你們在幹什麼？」

小嵐和富兒爹驚得一回頭，原來是上茅廁的衞兵回來了。他眼睛睜得圓溜溜的，看着富兒爹。

「這……這……」富兒爹嚇得渾身打顫。私自放人出城，那是死罪啊！

小嵐開頭也慌了手腳，但她很快就鎮靜下來。她對那衞兵說：「叔叔，不關這位伯伯的事，是我硬逼着他開城門的。」

衞兵見是一位小姑娘，口氣放緩了點：「你不知道私自出城和私自放人出城，都是死罪嗎？你會連累我拍檔的。」

小嵐說：「對不起，真對不起！我也是沒辦法才求伯伯的。我哥得了重病，快死了，只有羅荷城一位名醫能治這種病，所以我不得不帶他出城。」

小嵐心裏着急，說着說着，又流下淚來：「叔叔，你做做好事，救救我哥吧！你讓我帶哥哥出城去找大夫吧！」

「這……」衞兵見到小嵐這樣，有點於心不忍，又看看伏在馬背上的楊天行，見到他那張因失血過多顯得異常蒼白的臉，心內也很同情。於是狠狠心，說：「好，我幫你！」

他急忙走向城門：「來，我們一起使勁。」

在三個人的努力下，門一點開了，富兒爹說：「姑娘，你快帶哥哥走吧！」

小嵐急急牽馬走出城門，又回頭說：「叔叔，伯伯，我會記住你們的。後會有期！」

兩名衛兵朝她揮揮手，急忙把門關上了。

終於逃出來了。小嵐和楊天行都鬆了一口氣。楊天行對小嵐說：「小嵐，我怎麼謝你才好呢！這麼難的事情你都做到了，你真了不起。你救了我，救了東烏！」

小嵐說：「要謝的話，得謝那兩位叔叔伯伯呢！要不是他們，我和你都走不脱。」

楊天行說：「我會記住所有幫助過我的人的。希望有一天我能親自去感謝他們。」

楊天行觀察了一下四周，說：「從這條路過去不遠就是愛瑪山，那裏山高林密，狼虎隊就是追出來，也很難發現我們。翻過山，就是東烏了。」

小嵐關心地問：「天行哥哥，你傷口痛嗎？還能走那麼遠的路嗎？」

楊天行說：「你放心，我是軍人，這點傷還挺得住。」

小嵐對楊天行說：「天行哥哥，西烏我是回不去了，我現在已無家可歸，你帶我回東烏吧！」

楊天行一聽十分高興：「那求之不得呢！你救了我，我還沒機會報答你呢。你跟我回東烏太好了，我一定把你當成妹妹，好好照顧的。」

小嵐笑着說：「你也救過我一次呢！我們扯平了，誰也別說報答誰。」

說得楊天行笑了起來。兩人上了馬，白馬跑過小路，跑進了深山密林。楊天行突然發現迎面橫着一根粗大的樹枝，慌忙喊了一聲：「小嵐，伏下！」

但晚了，白馬已衝到粗樹枝面前，馬過了，而小嵐跟楊天行兩人卻被樹枝掃落到地上。

第 12 章　小嵐恢復記憶

小嵐醒來了。她張開眼，看見了蔚藍的天空和天空上的片片白雲，聽到了啾啾的鳥叫聲。

她發現自己睡在一棵大樹下，身下是厚厚的落葉，這讓她像躺在毛毯上一樣舒服。

她坐了起來，看看四周，分明是在一座怪石嶙峋、樹木鬱蔥的山上。這是哪裏呀？烏莎努爾好像沒這樣子的山。

有個英俊秀氣的少年朝自己走來：「小嵐，你醒了？太好了！」

「萬卡哥哥！」小嵐驚喜地喊了起來。

那人一拐一拐地走近，小嵐才發現只是一個身形像萬卡的少年。

少年擔心地看着她：「小嵐，你昨晚從馬上摔了下來，一直昏迷不醒。你現在覺得怎樣？」

「我認識你嗎？」小嵐困惑地看着他。

「你怎麼連我都不記得了！你是不是摔壞了腦子？」少年焦急地說，「我是你天行哥哥。因為潛入西烏探聽軍情，在乞丐村被狼虎隊追捕，受了傷，是你幫助我逃脫的……」

「啊，乞丐村？」小嵐的腦子突然清晰起來，她想起來了，把一切都想起來了！

發現烏莎努爾歷史被改變，發現世界上沒有了萬卡這個人；拿了曉星的時空器，要回到過去拯救歷史；在半空中掉下來，昏迷過去……

然後，遇見阿荷，發生一連串的事。還有，朵娃、天行哥哥、芳娃，東烏莎努爾、西烏莎努爾……

她喃喃說着：「烏莎努爾，烏莎努爾，啊，原來我已經來到歷史上的烏莎努爾了！」

真是因禍得福，沒想到，小嵐從馬背上摔下來，倒讓她的記憶回來了。

小嵐朝着楊天行喊了一聲：「天行哥哥！」

楊天行高興地說：「謝天謝地，你記得我了！」

小嵐看着他的腳，責備道：「你的腳受了傷，怎麼不好好坐着休息，還要走來走去的！」

「我在山上找到了一些有特效的草藥，在傷口上敷了一晚上，現在已好多了。剛才我去找點吃的。」楊天行說着，從口袋裏掏出一大把褐色的果子，「你嚐嚐看，這野果味道不錯呢！」

小嵐肚子早餓得咕咕叫了，她拿了一個放進嘴裏，有一絲絲甜，口感也很好。她也拿了一個給楊天行：「你也吃啊！」

「嗯。」楊天行把果子放進嘴裏，吃得津津有味的。果子還真能填肚子呢，每人吃了十幾個之後，不那

麼餓了。

這時候，白馬也吃飽了草，於是兩人開始上路了。小嵐坐在楊天行後面，用手摟着他的腰，腦子裏想着事情。史冊上沒有講烏莎努爾曾經分裂成兩個國家呀？又是什麼地方出了問題呢？自己穿越時空來這裏，原本只是還歷史真實，幫助萬卡祖先在「一箭定江山」裏取得皇權。沒想到現在倒要先幫助東西烏完成統一大業了。

楊天行見小嵐不吭聲，便問：「小妹妹，在想什麼啦？」

小嵐說：「沒什麼。我想東烏究竟是一個什麼樣子的地方呢？」

楊天行說:「當然是好地方！我們有三位愛民的好首領，有很善良勤勞的人民。噢，對了，回去以後，我一定要把你介紹給梅登、查韋姆和楊濟民三位首領，他們一定很高興認識你這位了不起的女孩子。」

「梅登、查韋姆和楊濟民？」小嵐愣了愣，懷疑自己聽錯，又問，「那三位首領除了查韋姆、梅登，還有誰？」

楊天行回答：「還有一位是楊濟民。」

小嵐嚇了一跳：「第三位不是叫霍雷爾嗎？是叫霍雷爾！」

楊天行笑着說：「小嵐，你好奇怪啊！怎麼說第三位首領不是叫楊濟民呢？楊濟民是我爹，我總不會連自己的爹叫什麼名字都會搞錯吧？」

「啊！」小嵐呆呆地看着楊天行。怎麼又出現問題了。烏莎努爾在未統一前由三位首領共同管理，那三位首領是烏努人查韋姆、梅登、霍雷爾。統一後「一箭定江山」選國王，參與射箭比賽的也是查韋姆、梅登、霍雷爾，怎麼現在成了梅登、查韋姆和楊濟民呢？

媽呀，這歷史可不是魔術，怎麼會變來變去的？

莫非楊濟民跟霍雷爾是同一個人？

或者後來有霍雷爾出現，取代了楊濟民？

如果是前者，那眼前這楊天行，豈不就是萬卡的祖祖祖祖爺爺？這祖宗可是不能亂認的啊，搞錯了，不但歷史不能撥正，還會令歷史又變成了另一個樣子呢！

但她不能跟楊天行説這些呀！她只好支支吾吾地説：「我沒有説你搞錯，只是奇怪烏莎努爾人怎會選漢人做首領呢！」

楊天行説：「哦，是這樣的。我父親多年前從中原來到這裏時，剛好碰上這裏爆發一種致命疫症。全國絕大多數人都被傳染上了，病人發高燒、咳嗽，幾天就會死亡。所有名醫高手都搞不清是什麼病，也無法對症下藥。疫症發生半月，就死了幾千人，而且死亡人數每日都在攀升。」

小嵐眼睛睜得圓圓的，啊，這病比香港發生過的非典型肺炎還要可怕呢！

楊天行繼續說：「當時烏莎努爾由梅登和查韋爾領導着，他們見到疫情來越嚴重，染病及死亡人數不斷增加，急得要命，便想了一個辦法：到處張貼招賢榜，說是如果有人能醫治這種病，制止疫症蔓延，就擁立誰為首領，連他們都願意聽命。」

小嵐專注地聽着。

楊天行又說：「招賢榜貼出多天，都無人揭榜。剛好我爹為了躲避仇家，帶着我逃出中原，途經此地。見到招賢榜，便留下幫忙。我家世代行醫，對治這種疫症有個秘方。爹爹見到疫情嚴重，為了更方便救人，不惜公開了祖先秘方，讓更多病人得到及時救治。爹爹的秘方救了無數人，也救了烏莎努爾。」

小嵐點頭說：「你爹真是功不可沒呀！」

楊天行繼續說：「是的，但同時問題來了。烏莎努爾民族有古訓，頭領只能由本族人擔任，不傳外人。當兩位首領發出招賢令，請高手拯救烏莎努爾人的時候，萬萬沒想到這個救星會是一名來自中原的外族人，所以事情陷入十分尬尷的境地。爹爹當初只是本着治病救人的目的揭了招賢榜，也沒想真的要當什麼首領，所以見到疫情已控制，便悄悄收拾好行李，打算帶着我又再浪跡天涯。」

小嵐聽了十分佩服，說：「你爹爹真是個施恩不圖報的好人。」

「我同意，我爹的確是個好人。」楊天行點點頭，他接着回憶說，「我很記得，那天爹爹讓我坐到馬背上，他自己背着包袱，牽着馬，準備離開烏莎努爾。沒想到，一路上，百姓見到我們，都痛哭流涕，跪着懇求我們留下。走着走着，我們再也邁不開步了。因為，前面的路黑壓壓地跪了一地的人，不讓我們離開。正在僵持間，兩名首領騎着馬飛跑來到，他們拉着爹爹，不讓我們走，說即使違背古訓，也要留我爹做首領。我爹很感動，就留下了，但他堅決要求梅登和韋雷姆留任，自己只是留下來做一名大夫。後來拗不過梅登和查韋姆，才勉強接受，成為三位首領之一，和他們共同管治烏莎努爾。」

小嵐聽了很感動，她心裏暗想，聽這故事，楊濟民又挺像是萬卡的祖先，只有這樣德才兼備的祖先，才可能有萬卡這樣優秀的後人啊！

她想了想，又問楊天行：「那你爹爹還有其他名字嗎？比如說烏莎努爾族人慣用的名字。或者，你爹爹有打算改名嗎？」

楊天行詫異地看着小嵐：「小嵐，你問得好奇怪啊！我爹並沒有其他名字。另外，他幹嘛要改名呢？」

小嵐說：「沒什麼，隨便問問而已。」

她心裏直嘀咕，究竟楊濟民是不是萬卡哥哥的祖先呢？可惜自己讀過的歷史書沒有細談三位首領的出身來

歷，所以無法確定霍雷爾是否就是中原來的楊濟民。

這時，楊天行問小嵐：「對了，我還得謝謝你替我用小齒草止血呢，要不我很可能就因為流血過多而沒命了。其實我想問問你，你怎麼懂得用小齒草給我止血的？這可是我家的獨門秘方啊！很多大夫都誤以為小齒草有毒，都不敢使用。」

小嵐一聽，心裏暗忖：小齒草能止血這方法是萬卡教的，現在天行哥哥又説這是他家獨有的秘方，這究竟是巧合，還是説明天行哥哥真是萬卡的祖先？楊濟民真是一箭定江山的三位首領之一？

不管那麼多了，跟着天行哥哥回東烏去再説。起碼時間空間是對的，「一箭定江山」的事情還沒發生，自己見機行事好了。

第13章　與「疑似」萬卡祖先見面

多虧了芳娃贈的白馬，小嵐和楊天行順利地翻過愛瑪山，山的另一頭就是東烏莎努爾了。

未分裂前的烏莎努爾由兩個大城市組成，也就是東烏和西烏。阿弗弗造反，奪取了西烏，佔地為王。但未被奪走的東烏相對而言物產更豐富，所以常常惹得阿弗弗垂涎三尺，老是想佔為己有。

小嵐發現，東烏跟西烏一樣，四面都有城牆包圍，十分堅固。怪不得阿弗弗多次攻打都未能成功。

傍晚時分，馬走進了街道。小嵐見到兩旁店舖林立，商品富豐，街上秩序井然。人們臉上帶着微笑，或熱情接待顧客，或細心挑選貨品，或悠閒走過，或匆匆而行，全都展現一派平和景象。

街上的行人發現了楊天行，全都恭恭敬敬地跟他打招呼。

「楊將軍好！」

「楊大夫好！」

「楊兄弟好！」

「楊娃子好！」

小嵐忍不住噗嗤一聲笑了起來。

楊天行問：「你笑什麼？」

小嵐說：「你的稱謂可真多啊，楊將軍、將大夫、楊兄弟，還有……楊娃子！」

楊天行也笑了：「因為我是東烏的鎮國將軍，所以人們叫我楊將軍；我閒時常給人們看病，所以人們又喊我楊大夫；我跟很多年青人很投契，所以他們都喊我兄弟；我平日很尊重長輩啊，所以長輩們都喜歡我，把我當他們的孩子，叫我娃子。」

小嵐不禁對楊天行肅然起敬。一個少年人，竟深受這麼多人愛戴，可見他人品多麼好。

白馬在一座大宅門口停下了。小嵐留意到，那大宅跟烏莎努爾的房屋很不一樣，很接近中國古代的建築風格。

門口有個護衛，一見楊天行便上前行禮：「少爺，您回來了！老爺一直很擔心你呢！」

見到楊天行走路一拐一拐的，慌忙問：「少爺，您的腳……」

楊天行說：「一點小傷，不用大驚小怪。」

說完，拉着小嵐進去了。走過一個布局也頗像中國園林的花園，走上一條走廊，又拐進了一個房間。

說是一個房間好像不大準確，因為裏面很大，一進去是客廳，看樣子往裏走還有四五個小房間。

「小嵐，坐！」楊天行招呼着小嵐，而他自己先一屁股坐下了。

他受傷以後，一路撐着，真的精疲力竭了。

一個少年聞聲走了出來，一見楊天行，驚喜地說：「少爺，你回來了！老爺惦着你呢，天天唸叨着。我現在就去告訴他，好嗎？」

「先別叫。」楊天行制止着，又說，「小多，你給我端一盆乾淨的水，再把藥箱拿來。」

小多這才發現楊天行臉色很差，吃驚地問：「少爺，你怎麼了？」

楊天行說：「一點小傷而已。少囉嗦，快去把藥箱拿來。」

小多忙把藥箱拿來，楊天行打開藥箱後從裏面取東西，有人推門進來了。

「天行，天行，你終於回來了。大家都盼着你呢！」

小嵐一看，是一位面目和善的中年人，他樣子跟楊天行長得很像。不用猜就知道是天行的爹爹楊濟民。

「任務完成得怎樣？」楊濟民問。

「幸不辱使命！」楊天行從口袋裏掏出一張圖，「東烏軍隊人數及武器配備情況以及城內守衛布防，已經畫在上面了。」

楊濟民接過一看，興奮地喊了起來：「好小子，真有你的！」說完，使勁地在楊天行肩膀上拍了一下。

這一下，觸動了楊天行的傷口，他忍不住「啊」了

一聲。

楊濟民嚇了一跳：「天行，你怎麼了？」

他看見了桌上的藥箱，忙問：「你拿藥箱幹什麼？受傷了？」

楊天行說：「爹爹，任務完成剛要離開時碰上了狼虎隊，胸口和腳受了點傷。」

楊濟民一聽很緊張：「傷得重嗎？讓爹看看。」

楊天行說：「爹，小事而已，你忘了你兒子也懂醫術，傷口我已經處理過了。」

但楊濟民不由分說，已掀起他的衣服，察看傷勢。

「啊，傷口還很深呢！一定流了很多血吧！幸虧你用小齒草及時止了血。」楊濟民邊說，邊幫楊天行把傷口重新清洗及換了藥。

楊天行說：「爹爹，還得感謝這位小嵐姑娘呢！我當時受傷昏迷，要不是她用小齒草替我止血，我可能都不能回來見您了。」

楊濟民這時才發現一旁的小嵐。他說：「謝謝你啊，小姑娘，謝謝你救了小兒的命。」

小嵐很喜歡這位慈眉善目的叔叔，她說：「叔叔別客氣，天行哥哥也救過我呢！」

「這位小嵐真不簡單……」楊天行把自己如何認識小嵐，後來在自己身負重傷被追捕時，小嵐怎樣營救自己，一一告訴了父親。

楊濟民聽了，不禁站了起來，朝小嵐打了揖，說：「我代表東烏國民，在此謝過小嵐姑娘。天行前往西烏，任務完成與否，關係東烏能否擊退西烏軍隊，保衞家園。若不是姑娘救了天行，情報送不回來，必定誤了大事。」

小嵐慌忙回禮，說：「楊叔叔，您過獎了。我只是做了該做的事。不過，西烏我暫時回不去了，可能要留在這裏打擾你們一段時間呢！」

楊濟民說：「何來打擾，歡迎還來不及呢！你是因為救天行才會無家可歸的。你就安心在這裏住着。」

小嵐說：「謝謝楊叔叔！」

至此，小嵐已經朝「還歷史真實」邁開了關鍵性的一步了。她已穿越時空，來到了三百多年前烏莎努爾三位首領治國時期，來到了「疑似」萬卡祖先的楊氏父子身邊，接下來要做的事，就是在東西烏統一之後，一箭定江山之時，讓歷史循着正確的軌跡走。

小嵐心內為自己打氣：天下事難不倒的馬小嵐，你一定行的！

小嵐在楊府住了下來。楊天行母親已經去世，家裏沒有女主人，所以楊濟民派了一名婢女婭娃，專門照顧小嵐。

小嵐被安排住進了一間布置雖不華麗但整潔、雅致的房間，房間內一應日常用品都很齊全，拉開衣櫥，竟

還掛了十多件不同款的女孩衣服，小嵐拿出一件試試，竟然十分合身！

婭娃是個細心又能幹的女孩，把小嵐照顧得很好，令小嵐想起了她現代宮中的管家馬婭。

小嵐折騰了一天，也累了，洗了個舒舒服服的澡，便睡了。

小嵐晚上睡得香極了，不論是楊家父子，或婭娃，或這幢偌大的楊府，都給她一種安全感，一種信任感，一種親切感，就好像在自己家裏一樣。

早上，小嵐醒來，發現太陽已升起很高了，估計已是早上九點多。

噢，起晚了！小嵐一骨碌爬起身，坐在牀沿上，正考慮該喊婭娃還是自己去找地方洗臉時，門「吱呀」一聲開了，婭娃笑吟吟地捧着一盆洗臉水進來。

這女孩可真機靈，她可能早就在門外候着了，一聽到屋裏有動靜，便馬上進來侍候。

「小嵐姑娘，早安！來，先洗把臉。」

「謝謝你！婭娃。」

漱洗完，婭娃又端上早點，說：「請姑娘用早餐。」

小嵐問：「叔叔和天行哥哥吃了嗎？」

婭娃說：「老爺因為要去議事府議事，一大早起來了。少爺也習慣早起，他陪老爺先吃了，給姑娘留着。」

小嵐心裏未免有點慚愧，自己可真懶啊，天行哥哥受了傷，也比自己早起呢！

小嵐吃了早餐，就出去找天行哥哥。

天氣很好，藍藍的天空白雲飄。太陽照在身上，暖洋洋的十分舒服。走到楊天行房子門口，見到小多正忙碌着。他把一摞摞書從屋裏捧出來，放到院子裏一張大桌子上，又一本本攤開。

他在曬書呢！

見到小嵐，他露出很可愛的笑容，又很有禮貌地行了個禮，說：「小嵐姑娘，您早！」

小嵐笑着說：「曬書嗎？」

小多說：「是啊。早前一連下了很多天的雨，將軍的書都有點發霉了。將軍平日可珍惜這些書呢，所以看到今天有太陽，我趕緊拿出來曬曬。」

小嵐拿起幾本書看看，原來都是一些軍事、地理、醫學等方面的書。

小多年紀跟小嵐差不多大，長着一副娃娃臉，樣子挺可愛的。見了小嵐，開始還有點害羞，但見到小嵐親切的笑容，又沒一點架子，所以很快便熟稔起來。兩人聊了一會兒。小嵐從小多那裏聽到了楊天行父子的很多事情。

原來楊濟民當上了東烏首領之一以後，閒時仍常常

替老百姓義診，東烏人都很感激他、愛戴他。那時楊天行還是小孩子，但已跟父親一起幫人診病，有「小神醫」之稱。

後來因為阿弗弗常常侵犯東烏，楊天行為了保衞他的第二故鄉，又去拜師學武，練得一身好武藝，幾年下來，成了東烏第一勇士，被封為鎮國將軍。

多優秀的一對父子啊！小嵐心底裏，真希望他們就是萬卡的祖先，歷史上的第一任國王。

小嵐惦記着楊天行的傷，便問：「小多，天行哥哥在哪裏，我想去看看他。」

小多說：「少爺在馬圈呢！他習慣了每天早起練武。現在有傷，不可以練，便去看他的馬了。」

小嵐忙問：「馬圈在哪裏？」

小多說：「出了門，走過花園，往右再走一段路，便可以見到。」

按着小多的指點，小嵐快找到了馬圈。遠遠見到楊天行用手撫着一匹小黑馬的毛，十分愛惜。

「天行哥哥！」小嵐喊了一聲。

楊天行臉色還很蒼白，但精神不錯，見是小嵐，顯得很高興：「小嵐，起這麼早啊！」

「你不是比我還早嗎？」小嵐又關心地問，「你的傷怎樣了，還疼嗎？你該多休息啊！」

楊天行說：「比昨天好多了。我是個坐不住的人，想出來活動活動。老是躺着，會把我悶死的。」

看見楊天行挺精神的，小嵐放了心。她轉身看着小黑馬，讚歎道：「這匹小馬好漂亮啊！」

小馬全身黑色，只有眉心有一月形的白色，四肢修長有力，身上的皮毛柔順光滑，就像一塊黑緞子。小黑馬的眼睛長得很漂亮，眼梢往上揚，但不知為什麼，牠低着頭，眼睛顯得很憂鬱。

小嵐問:「牠怎麼啦?」

楊天行說:「牠媽媽死了。那是一匹強壯的大黑馬，我去西烏時，就是騎着牠媽媽去的。昨天遇到狼虎隊，惡戰中，大黑馬被刺死了……」

「原來是這樣。」小嵐撫着小黑馬的腦袋，說，「小黑馬，別難過，你媽媽是為了烏莎努爾而死的，牠死得很英勇呢，你應該為自己有這樣一位好媽媽而驕傲。」

小黑馬好像聽懂一樣，竟把低垂的頭揚起，朝着天空「噓……」地叫了幾聲。

小嵐拍拍牠：「好孩子，姐姐帶你蹓躂去！」

她又對楊天行說：「天行哥哥，我能騎騎小黑馬嗎？」

楊天行驚喜地看着小嵐：「你會騎馬？」

原來，在烏莎努爾女人都習慣在家照顧家人，出外工作及騎馬打仗的事，都只有男人會幹。

小嵐心想：我會騎馬，都是你那「疑似」後人萬卡教的呢！

她對楊天行笑笑，把小黑馬牽出馬圈，用手拍拍牠的腦袋，然後一縱身跳上馬背。

「嘿，小黑，跑呀！」小嵐喊道。

小黑馬很有靈性，馬上邁開四腿，奔跑起來。人騎馬向來講究合拍，再好的騎手也要跟第一次騎的馬互相磨合，慢慢適應，但小嵐和小黑馬一下子就配合得天衣無縫、人馬合一。

小黑馬載着小嵐向那片大草地奔馳而去，人和馬，很快就變成了一個小黑點。

楊天行看呆了，還以為小嵐會騎馬只是屬於「花拳繡腿」，做個樣子而已，沒想到她騎術如此精湛。

眨眼間，小黑點又由遠而近，小黑馬載着小嵐跑回來了。陽光燦燦，朝霞艷艷，衣裾被風獵獵吹起，小嵐更顯得英姿颯爽。

小黑馬跑近楊天行，小嵐一勒韁繩，小黑馬收住腳步，剛好在楊天行面前停住。

小嵐跳下馬，轉身摸摸小黑馬的腦袋，說了一句：「小黑馬真能幹，跑得又快又穩！」

楊天行用欣賞的目光看着小嵐，笑道：「『真能幹』應該是你呢！小嵐，你真讓我驚喜。你一個女孩子，怎麼會這樣厲害呢！膽子大，心又細，又懂得給人

嘿，小黑，跑呀！

治傷，騎術又這麼好，你究竟是一個什麼樣的女孩子呀？你究竟是從哪裏來的？」

小嵐嚇了一跳，還以為楊天行發現了什麼：「啊，我是從哪裏來，從西烏來啊！」

楊天行笑道：「你倒像是從天上下來的、無所不能的小仙女。」

小嵐朝楊天行擠擠眼睛：「噢，你說我是從天上下來的，那我就是從天上下來的吧！」

她心想，天行哥哥，你說得沒錯，我還真是從天上掉下來的呢！

第14章　主動出擊

小嵐跟楊天行各自騎着一匹馬，去檢查各處備戰情況。一路上，人們都用驚訝的眼光看着騎馬的小嵐。在烏莎努爾，從來沒見過女子騎馬啊！而且還是那麼一個美麗超羣的少女呢！尤其那些年輕的少男少女，都追在馬後看，眼裏滿是佩服和仰慕。

小嵐就像以往公主出巡接受民眾歡呼一樣，儀態萬千地朝人們招手問好。被粉絲追逐這種場面，她可是司空見慣，一點也不覺得什麼。

楊天行見了，心內驚訝。這小姑娘究竟是什麼人啊，看她那皇者氣派，真不像是一般人呢！

這時已到了兵營，兩人下馬走了進去。只見軍容肅整、紀律嚴明，將士們都在積極練兵，他們見楊將軍來巡營，個個都摩拳擦掌，都說有信心打贏這場仗。

楊天行十分滿意，鼓勵了大家幾句，就帶着小嵐離開了。

又到了後勤營。只見除了後勤兵之外，還有許多主動來幫忙的老百姓，大家熱火朝天地工作着，把軍隊要用的食品、軍馬要吃的草料，一袋袋、一綑綑搬上馬車。

「楊將軍來了！」大家都開心地圍了上來。

楊天行跳下馬，朝大家拱手作揖，說：「謝謝各位大叔大伯！你們不但出錢出糧食，還來幫忙，真是太感謝了。」

有個白頭髮的伯伯說：「軍隊在戰場浴血作戰，不怕犧牲，我們在後方出小小力，算得了什麼！」

其他人也七嘴八舌地說着。

「是呀！你們連命都可以不要，我們出點錢出點力，是很應該的呀！」

「對啊！這些年要不是你們打退西烏多次入侵，我們哪有這好日子過？如果被阿弗弗佔領了，恐怕我們就跟西烏百姓一樣，慘兮兮的呢！」

「我們家裏都很富裕，拿點東西出來，根本不是問題呢……」

小嵐在一邊看着，心想：這烏莎努爾三位首領，還真是治國有方呢！能讓人民過上好日子，跟統治者同心同德，這很不容易啊！

這時，聽到身後傳來「得得」的馬蹄聲，身着戎裝的小多在楊天行面前翻身下馬，雙手作揖行禮說：「少爺，首領請你速到議事府商量事情。」

楊天行說：「知道了，馬上就去。」

小多又朝小嵐行了個禮，說：「首領還吩咐，請小嵐姑娘也一塊去。」

楊天行說：「你先回去覆命吧，我們馬上過去！」

小多走後，楊天行吩咐了後勤官一些事情，就跟小嵐一塊直奔議事府而去。

議事府座落在一條小河邊，周圍風景挺美的。楊天行帶着小嵐穿過重重守衞，走到議事府的議事室門口。

小嵐看見議事室最裏面有一個比地面略高的台，上面放着一張長會議桌，桌子後面坐了三人。靠右正是昨天已見過面的楊濟民楊叔叔；坐在中間的人四十上下，長得較胖，臉圓額闊，看上去像是挺有智慧那種人；靠左邊坐着的相對年輕些，大約三十上下年紀，他臉長長的，眼睛又大又亮，一副機靈的樣子。

兩旁還分別坐了十幾個老老少少的男人，看樣子是些文武官員。

楊天行在她耳邊小聲說：「中間是首領梅登，靠左的是首領查韋姆。」

小嵐心裏想，那梅登胖胖的模樣，跟他的後代萊爾首相還真有點像呢！

楊天行走進了議事室，小嵐隨後。馬上響起一片問候聲，大家顯然都知道楊天行受了傷，都關心他的傷勢。

楊天行朝各人點頭道謝，說：「謝謝各位關心，好多了。」

這時，場內各人發現了楊天行後面的小嵐，眼光都「嗖」地落到她身上。

小嵐的美貌跟氣質實在令他們眼前一亮。

也難怪他們如此驚訝。在烏莎努爾，雖然美女並不鮮見，但是像小嵐這樣既美麗又大方，柔中帶剛的，還真的沒見過呢！

這小姑娘究竟是誰呀？這議事室是烏莎努爾最神聖最機密的地方，從來不允許高層官員以外的人進入的。

小嵐也察覺到那些目光，但她沒有露出一點忸怩和害羞，而是微笑着，很有禮貌地朝他們一一點頭致意。

楊天行帶着小嵐走到首領們面前，兩人分別朝三人行了禮。楊濟民笑着對梅登和查韋姆説：「兩位，這小姑娘就是我跟你説過的小嵐姑娘，就是她冒着生命危險救了天行，把天行送回來的。」

梅登和查韋姆微笑着朝小嵐點頭，梅登説：「真是太感謝小嵐姑娘了，要不是你幫忙，除了天行性命難保，他打探到的軍情也無法送回來呢！」

查韋姆也説：「是啊，要是損失了天行這員猛將，沒了那些情報，這場仗可就沒法打了。小嵐姑娘，你真是東烏的大救星啊！」

小嵐忙説：「幾位過獎了。烏莎努爾是一個好地方，首領勤政愛民，人民勤勞善良，能為烏莎努爾出點力，我覺得十二萬分的榮幸！」

這可是小嵐的心裏話呀！

三位首領喜笑顏開，頻頻點頭。小嵐説的是一些很中聽的實話呢！

查韋姆用欣賞的眼光看着小嵐：「小嵐姑娘的相助，可能是冥冥之中，上天派來幫助東烏的呢！」

三名首領，雖說是地位無分高低，但實際上又似以梅登為首，只見他朝小嵐說：「難得小嵐姑娘如此深明大義，我代表東烏人謝過小嵐姑娘！」

接着，他又說：「天行，你和小嵐姑娘坐吧，要開會了。」

楊天行帶着小嵐走到自己的座位上，那裏已多放了一張給小嵐的椅子。

小嵐很興奮，沒想到自己竟然可以參加烏莎努爾歷史上一場極有意義的軍事會議。

梅登說：「根據天行探聽到的消息，阿弗弗將於五日後出兵進攻我國。我們馬上調配軍隊，嚴陣以待。一定要把東烏城守得固若金湯，連隻蚊子都飛不進來。」

查韋姆說：「我覺得應該把剛製造出來的十門大炮拉出來，等東烏軍隊來到城外，就馬上給他們迎頭痛擊，炸個片甲不留。這樣豈不省事多了。」

楊濟民反對：「不行，這樣會死很多人的。」

三位首領你一言我一語，總是說不到一塊。台下百官都乖乖地坐着，靜候結果。也許他們早已經習慣了這種狀況。

小嵐聽了有點着急。三位首領都說不到點子上，要

主動出擊才是啊！但她又不好出聲。

見首領們仍你一言我一語地爭論着，她實在忍不住了，剛要站起來說話，旁邊的楊天行卻先她一步站了起來。

「三位首領，我能講講意見嗎？」

其實首領們爭論許久，都煩了，實在希望有個人來說說意見，無奈官員們已習慣了服從，根本沒有人吭聲。

楊天行一說話，三人都如抓到救命稻草，異口同聲說：「請講！」

楊天行說：「多年來，我們東烏老是於被動的局面，老是充當挨打的角色。我想，該是主動出擊的時候了。」

「主動出擊？」

「主動出擊？！」

不光是台上首領們交頭接耳，連台下百官也坐不住了，議論紛紛。

楊天行繼續說：「自從阿弗弗叛變，拉走最強的軍隊，佔領西烏，之後始終賊心不死屢犯東烏。而我們因為武器裝備和軍力都不如他們，所以一直以來都習慣了兵來將擋，水來土掩，能守住就是勝利。但現在情況不同了，我們的武器研製出來了，我們的軍隊培訓出來了，我們還有很強的後盾，就是我們的人民大眾。所以，我覺得，是反戈一擊的時候了。」

台上台下又是一陣議論。

「行嗎？我們的力量夠強大嗎？」

「阿弗弗當年發動叛亂，帶走的是烏莎努爾最強最多的兵馬啊！」

查韋姆顯得很高興，說：「天行，你覺得有把握？」

楊天行說：「有。根據我這次深入西烏了解到的情況，他們的軍隊人數，雖然仍比我們多，但是以我們軍隊高漲的士氣，是可以以小勝多的。而且，我這次發現了他們幾處守衛較薄弱的地方，我們可以針對這些薄弱地方發動進攻。」

梅登問：「這事嘛，是不是再從長計議，畢竟西烏兵強馬壯……」

這時，有人站起來說：「不好意思，我能說話嗎？」這人正是小嵐。楊天行說出了她要說的話，這讓她很興奮。

三位首領似乎很尊重小嵐，都說：「能，能，你說！」

小嵐說：「我覺得楊將軍說得很對，我支持他的意見。有關我們出兵的優勢方面，除了楊將軍所提到的東烏軍隊的崛起，還有就是西烏軍隊的沒落。乍看上去西烏軍隊人數眾多，但據我所知，士兵大多是被強抓去

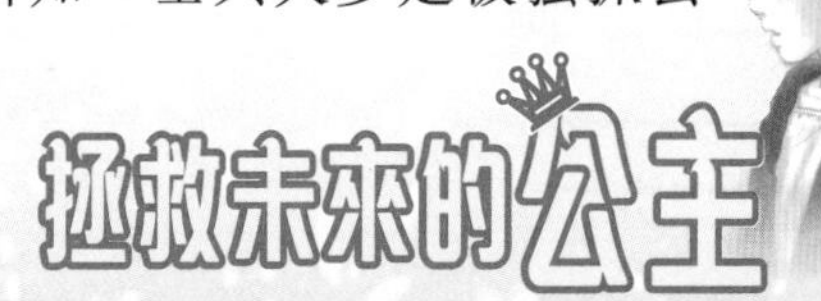

當兵的老百姓。這些老百姓有家歸不得，家人又沒能得到官府應有的照顧，他們個個人心渙散、無心作戰。所以，一旦兩軍對壘，他們的戰鬥力絕對比不上東烏軍隊。」

台上台下又議論紛紛。

「楊將軍和小嵐姑娘的話都很有道理啊！」

「我們被欺負了十年，也該是奮起的時候了。」

三位首領又商量了一會兒，終於宣布：「擇日出兵，主攻西烏！」

「好啊！」台下百官鼓烈鼓掌。

楊天行與小嵐交換了一下充滿信心的眼神，然後不約而同伸出手擊掌。

商量到具體出征日期時，三位首領又有不同意見。

查韋姆看上去屬於急躁一類，他主張當天晚上就出兵，早打早結束；梅登屬於穩打穩紮一類，說要準備得充分一點，三日後才出發；而楊濟民就認為兩日後出征為適宜，因為出征前的準備已差不多了，再有兩日時間已經足夠……

下面眾人又都靜靜聽着，等待結果。

小嵐瞪着眼睛好奇地看着他們三人，心想，歷史傳說這三位首領性格各異，意見常常不一致，看眼前情形，果然如此。

這時梅登一眼看見小嵐，便說：「既然我們三人意見不同，就問問小嵐吧，由她做決定。」

小嵐也不推辭，說：「梅伯伯既然問我，我也不客氣。今晚出征，可能倉促了些；三日後出征，怕路上萬一有什麼阻滯，未能在西烏兵馬未動之前到達，所以我認為楊叔叔的建議較合適，兩日後出征為好。」

梅登聽了，點頭說：「小姑娘說得有理，那我同意兩日後出征。」

查韋姆也爽快地說：「那我收回原來意見，就兩日後出征吧！」

下面眾人皆大歡喜。以前遇到這種情形，爭上半天不在話下，也根本沒人敢替三位首領拿主意。現在好了，小嵐出馬，一下子就解決了問題。

接下來各項議程順利進行，兩個小時之後，已經制訂出一份完美的作戰方案。

第 15 章 曉星變豬豬

因為楊天行有傷在身，大家都不許他帶兵出戰，改由副將軍威利領軍。

楊天行沒能跟着部隊去打仗，心裏總放心不下，送走出征部隊之後，他又回到了後勤營，檢查軍需品的庫存情況。前方軍隊打仗，這後方供應各種必需品，可不容有失啊！小嵐也跟着他去了。

快到後勤營門口時碰到後勤官，天行便拉住他，站在一邊了解軍需品儲存情況。

小嵐好奇地四處張望。遠遠看去，後勤營大門口還是像之前那樣熱鬧，除了許多成年人在幫忙搬運物品，今天還多了幾個男孩子，在人羣中鑽來鑽去，歡天喜地的幫着搬些輕便的東西。

其中有個男孩的身影有點熟悉。他顯得特別活躍，咋咋呼呼的，上躥下跳，沒一會兒稍停。

啊，這男孩怎麼有點像……

小嵐急忙走近，她真有點不相信自己的眼睛。不會吧，他怎麼也穿越時空，到這裏來了！

這時，男孩一轉身，跟小嵐打了個照面。天哪，不是他還有誰？

她不由得驚喜地喊了起來：「曉星！」

誰知男孩卻一臉迷惘，好像根本不認識她：「姐姐，你是誰？你剛才叫我嗎？」

小嵐吃了一驚，心想，糟了，難道曉星跟自己早前一樣，失憶了？

小嵐把曉星拉到一邊，說：「曉星，你真的不認得我了？我是小嵐呀，是你的小嵐姐姐！」

曉星馬上興奮起來：「小嵐姐姐？你真的認識我嗎？」

小嵐說：「當然認識。你叫曉星！」

「太好了太好了，原來我叫曉星。」曉星高興得跳起來。

但是，他馬上又警惕地看着小嵐，說：「你別是騙我的吧？對，你一定是看我長得精靈可愛，想哄我當你弟弟！」

「你……」小嵐氣得直瞪眼。這小子，自我感覺這麼好！

「那算了吧，剛才的話就當我沒說過。好人當賊辦！」小嵐鼻子哼了哼，轉身就要走。

「別別別！」曉星慌了，他一把拉住小嵐，「人家只是想小心點嘛。那你能不能說一個能讓我相信你的依據。」

小嵐眼睛也不看他，沒好氣地說：「那個不害躁自稱精靈可愛的人，右手臂彎裏有顆紅色的痣。」

曉星！
姐姐，你是誰？
你剛才叫我嗎？

曉星急忙挽起右邊衣袖，一看，果然，在臂彎處真有一顆紅色的痣呢！

「我信了，我信了！姐姐，姐姐，我找到我姐姐了！」曉星一把摟住小嵐，又跳又叫的，激動極了。

小嵐明白一個人舉目無親的感覺，心裏挺可憐他的，一肚子氣也消了。她問道：「告訴姐姐，你這些日子是怎麼熬過來的。」

曉星嘟着嘴訴苦：「小嵐姐姐，你不知道我有多慘！好多天前，我發現自己在一處荒郊野嶺昏倒了，醒來時什麼都記不起來了，不知道自己是誰，也不知道自己是從哪裏來的，看看四周，也不知道自己在什麼地方……」

小嵐不由想起自己早前被強迫當乞丐的遭遇，不禁心痛地摸着曉星的腦袋，問道：「後來呢？」

曉星說：「我當時好害怕啊，都想哭了。正在這時，有個叔叔帶着一個運糧車隊路過，把我帶回家了。那叔叔真好，把我當自己孩子一樣照顧……」

小嵐這才放了心。曉星這小子，比自己幸運多了。

這時候，楊天行和後勤官一邊談話一邊向這裏走來，曉星拉着小嵐跑過去，對後勤官嚷嚷着：「叔叔，叔叔，我找到我姐姐了！我找到我姐姐了！」

原來幫助曉星的人竟是後勤官。

楊天行看了看曉星，對小嵐說：「咦，這男孩是你

弟弟？怎麼回事？」

見到曉星認她做姐姐，小嵐便決定順水推舟承認了，免得他「打破沙鍋問到底」追問身世時難以回答。因為一定不可以告訴他真相的，要是讓他知道了自己是從未來來的人，還不知會惹出什麼大麻煩呢！

當下小嵐胡編說：「他兩年前在西烏走失了，一直沒有消息，沒想到在這裏碰到他。」

她又對後勤官說：「謝謝叔叔救了我弟弟。」

「原來小嵐姑娘就是豬豬的姐姐呀！」後勤官笑着說。

「豬豬？」小嵐很想笑。心想這名字挺配曉星的，他那饞嘴樣挺像豬呢！

後勤官說：「你弟弟連自己叫什麼名字都不記得。所以我給他暫時起了個名字叫豬豬。這裏的人都很喜歡給孩子起名豬豬的。」

小嵐忍住笑：「哦，起得好，起得好！」

後勤官又說：「豬豬找到自己的姐姐，那真是太好了！我一直很想幫他找到親人，可惜他一點都記不起家在哪裏。」

楊天行對小嵐說：「既然這樣，那就別再麻煩後勤官了，讓你弟弟也住到我家吧，你們姐弟倆好互相照應。」

曉星很開心：「太好了，太好了，我有姐姐了，我可以跟姐姐一起住了！」

他又拉着後勤官的手，說：「不過，叔叔，我很捨不得你呀！」

後勤官說：「不要緊，你可以常回來看我的。」

曉星開開心心地坐上楊天行的大紅馬，和小嵐一塊回楊府了。只一路上功夫，他就和楊天行混熟了，就像多年的老朋友一樣。

「哥哥，原來你是個將軍，你好棒啊！」他誇張地把大拇指伸到楊天行鼻子底下，又說，「哥哥，我想聽你講打仗的故事。」

楊天行也很喜歡這個機靈的小傢伙，笑着說：「好啊，有空一定給你講。」

回到楊府，曉星走進小嵐房間，就馬上爬到小嵐的牀上躺下：「好舒服啊！」

婭娃一看急了：「我的小祖宗，看你髒得那個樣，一身都是灰塵！快下來，快下來！」

曉星賴着不下牀。婭娃一點不客氣，一把抓住他的胳膊，把他拉下牀。又推推搡搡地把他推往另一個房間：「這才是你的房間！我馬上給你準備洗澡水，你好好洗乾淨！」

曉星嘟着嘴往自己房間去了。一會兒，穿了楊天行給他的衣服走出來。

「姐姐你看，我帥不帥？」他得意地向小嵐展示他

的新衣服。

小嵐說：「帥帥帥！帥極了！」

曉星得意洋洋的，又說：「姐姐，這裏幾點鐘吃飯？我餓了！」

小嵐心想：這小子雖然失憶了，但那愛靚、貪吃的本性一點沒丟呢！

這時婭娃走進來，說：「小嵐姑娘，少爺叫你們去吃飯。」把曉星樂得合不攏嘴。

晚上，小嵐想早點睡，但曉星死賴在她房間不肯走，問了很多問題：

「小嵐姐姐，我們的爹和媽呢？」

「小嵐姐姐，我們還有別的兄弟姐妹嗎？」

「小嵐姐姐……」

把小嵐煩得想死掉算了，便沒好氣地告訴他：「爹和媽都是大俠，在一個荒島上閉關練氣功；你還有一個姐姐，小時候頑皮掉進鯨魚嘴，現在還呆在鯨魚肚子裏，要等鯨魚打噴嚏才能噴出來……」

「啊，真的？！」曉星把眼睛睜得大大的。

「問完了吧，問完趕快回你房間，我可要睡了。」

曉星磨磨蹭蹭的不想走，他突然記得口袋裏有樣東西，馬上拿出來：「姐姐，我送你一樣禮物，你別趕我走。」

小嵐說：「去去去，我不要，不……」

話沒説完，她就吞回肚子裏了。她眼睛睜得大大的看着曉星手裏的東西，真是「踏破鐵鞋無覓處」，原來自己一直想找回來的東西，竟在曉星手裏。

那東西是時空器。

第16章　小嵐的妙計

部隊出發有兩天了，相信已全部到達西烏城下，部署進攻了。

這天早上，楊天行等候前線快馬來報，心裏忐忑不安，在家坐不住，便邀小嵐一起去靶場射箭。曉星當然也跟去了。

楊天行對着百步之外的靶子，拉弓搭箭，射了十箭，箭箭射中紅心。其中有三箭，還是射在同一個位置呢！

小嵐暗想，楊天行是萬卡祖先的可能性越來越大了，因為未來的一箭定江山，就需要這樣好的箭法才能取勝。

曉星在旁邊很賣力地捧場，一會兒拚命鼓掌，一會兒搖着一根小木棍，一邊搖一邊叫：「天行哥哥，加油！天行哥哥，加油！天行哥哥，加油！」

楊天行對小嵐說：「你也來試試！」

自從楊天行見過小嵐的馬上英姿，不知怎的就認定了她一定曉得百般武藝。其實小嵐真的會射箭，那是萬卡教她的。

當下小嵐笑笑，拿起一把小點的弓，搭上箭，一使勁，拉弓，射！

箭「嗖」一聲飛出去，剛好射中紅心邊緣的黑線上。

曉星「咻」地吹了一下口哨，說：「小嵐姐姐，你跟天行哥哥差遠了！你得好好向天行哥哥學習。」

小嵐沒理他，取了一枝箭，瞄準又再一箭。

「嗖！」正中紅心！

楊天行不禁喊了一聲：「好！」

曉星見了不甘落後，上來搶小嵐手裏的弓：「我也要射，我也要射！」

小嵐不給：「去去去，我還沒射完十箭呢！」

曉星正在搶時，小多策馬而來，邊跑邊喊：「楊將軍，有前線快馬回來匯報軍情，首領們請您和小嵐姑娘馬上去議事府。」

楊天行一聽，馬上扔下手裏的弓，躍身上馬。他對小嵐說：「小嵐，我們走！」

又對小多說：「你幫我送曉星回我家。」

曉星很不高興：「為什麼姐姐可以跟你去議事，我就不可以？我也要去！」

楊天行說：「聽話！」

說完，揮鞭策馬而去。小嵐上馬，緊隨後面。

到了議事府，三位首領和眾官員也陸續到來。梅登示意大家安靜，然後打開一封信，說：「軍隊到了西烏城下，遇到了麻煩。阿弗弗十分狡猾，原先天行打探到

的幾個薄弱入口，竟已被堵塞，而從城門正面攻打，又因城牆堅固、軍隊眾多而無法攻入。副將威利不想軍隊有太大傷亡，只好暫時在城外紮營。」

梅登放下信，說：「現時敵我雙方出現膠着狀態，這種情況如果持續下去，將對我方不利。大家都來出出主意，看如何解決目前僵局。」

照例又是三位首領在討論，下面眾人在等候結果。

查韋姆搶着說：「依我看，我們的大炮該發揮作用了。馬上把大炮運到西烏城下，用炮轟，炸爛城牆，我們的軍隊就可以衝進去……」

楊濟民反對：「不行！用炮轟會傷及無辜，會炸傷西烏城內的老百姓。」

梅登慢吞吞地說：「我們按兵不動，慢慢想辦法。」

三人爭持不下，下面的官員又不敢吭聲。這時，梅登又用眼睛去找小嵐：「嘿，小嵐，你說說，誰的主意好點！」

小嵐說：「要我說真話嗎？」

三位首領一齊說：「那當然！」

「那我就實話實說了。」小嵐說，「我覺得誰的主意都不好。強攻會傷及老百姓，按兵不動什麼都不做又怕西烏乘空而入。」

三位首領聽了，都很高興，大概這樣他們就不會顯出高下了吧！

小嵐又說：「我有一個想法。」

三位首領異口同聲道：「快說來聽聽。」

議事室裏鴉雀無聲，大家都眼巴巴地看着小嵐，希望她能說出一個讓三位首領都能接受的主意。

小嵐說：「堡壘最容易從內部攻破。想辦法讓守城門士兵主動放下武器，讓東烏部隊入城。」

楊濟民說：「和平入城，兵不血刃，這當然是最好的解決辦法。但是，怎樣才能做到呢？」

小嵐說：「阿弗弗是個自私的國王，自己過着花天酒地的生活而不管國民生活困苦。特別是一些士兵的孩子，他們由於家中沒有大人照顧，只能流落街頭乞討，生活十分悲慘。西烏士兵都是被迫入伍的，他們並不想打仗。他們也很想念家人。如果我們想辦法令他們知道自己的家人過着怎樣困苦的日子，他們一定無心作戰。這時候我們再曉以大義，令他們覺得只有靠東烏軍隊幫助，推翻阿弗弗政權，兩國統一，才能讓他們與家人團聚，才能過上好日子。我相信，他們一定會放下武器，大開城門讓東烏軍隊入城。」

小嵐一番話，讓在場所有人折服了。她話音未落，早已響起一片掌聲。

「好！」

「好計謀！」

「小嵐真厲害！」

楊天行沒有作聲，只是用驚訝的眼神看着面前這個美麗可愛的小女孩。這是一個什麼樣的女孩啊，美麗、善良、勇敢、機智，所有人類美好的品格，彷彿都集中在她一個人身上。

三個首領興奮地點頭稱是，梅登大聲說：「好好好，我們就按小嵐說的去做，馬上派人到西烏城，發動士兵家人，對他們親人進行宣傳説服工作。但是，派誰去好呢？這個人，要熟悉西烏城內情況的，要跟西烏士兵家人有友好往來的，要不容易引起西烏狼虎隊注意的……」

小嵐說：「其實，我心目中已有人選。」

查韋姆忙問：「是誰，你快說。」

小嵐說：「就是我。」

「你！」三位首領異口同聲喊了起來。

小嵐說：「沒錯，就是我。你們只要派我潛回西烏，給我幾天時間，我有辦法讓西烏士兵的孩子幫忙，説服西烏士兵大開城門，放東烏軍隊進城。」

楊濟民首先反對：「不行不行，怎可以讓你一個女孩兒去冒這個險。」

梅登說：「小嵐，我們都知道你是個又勇敢又聰明的孩子。但潛入西烏做軍隊的勸降工作，是一件極危險的事，也是一件十分困難的事，你不怕嗎？你有把握能成功嗎？」

小嵐說：「我不怕！也有信心成功！」

小嵐剛要說出她那句名言「天下事難不倒馬小嵐」，但又忍住了。在這些前輩面前，得謙虛一點。

查韋姆看樣子挺欣賞小嵐這麼有勇氣，他問道：「小嵐，我想問問，你打算用什麼方法進入西烏城？」

小嵐說：「我記得一個小伙伴說過，有一個狹窄的山洞，貫穿城裏城外。我雖然沒見過那山洞，但憑着他們的提示，有信心能夠找到。」

梅登說：「你一個女孩子去不行，或者我們派幾個人跟你一塊去。」

小嵐搖搖頭說：「不行，一來聽說那山洞很狹窄，身形稍大都不能通過；二來，有外地男人進城很容易引起狼虎隊注意，但對我這樣的女孩子，他們應該不大留意。」

三位首領還在猶豫，他們實在不放心讓一個女孩子去做這麼一件又危險又重大的事情。

楊天行在小嵐耳邊問：「小嵐，這事真的很危險呢！你要三思啊？」

小嵐用她那雙亮晶晶的眼睛看着楊天行，說：「你相信我好了。」

楊天行見識過小嵐的過人機智，他相信她能做到。

他站起來，對三位首領說：「我可以說說意見嗎？」

三位首領正在猶豫，便異口同聲地說：「快講！」

楊天行說：「小嵐之前在西烏，一次又一次救我出險境，她的足智多謀，她的臨危不亂，給我留下了很深的印象。所以，我相信她一定也能勝任眼前這個艱巨任務的。而且，的確如小嵐說，得派一個既熟悉西烏情況又不容易引起敵人注意的人，而這個人，小嵐是最合適的。」

三位首領頻頻點頭，三人商量了一下，梅登對小嵐說：「小嵐，我們也相信你能完成任務。那這任務就交給你吧！」

小嵐站起身，說：「謝謝你們對我的信任，我一定會完成任務！」

楊天行又請求說：「我請求陪小嵐去西烏，把她送到西烏城下。」

梅登說：「天行，你的傷還要休養呢！」

楊天行說：「我已經好多了。上陣打仗可能不行，但護送小嵐我還是可以的。她一個小姑娘走山路，我怕她有危險。」

楊濟民說：「就讓他去吧！我看他這幾天憋在家裏，都快憋壞了。不過，得帶上小多，這孩子機靈，讓他照顧你。」

第 17 章　尋找迷魂谷

山路上走着三匹馬，駝着四個人，那是小嵐和楊天行，還有同坐一匹馬的曉星和小多。

曉星聽到小嵐要去西烏執行任務，死纏着要跟去。小嵐沒法也只好同意了。曉星不會騎馬，便跟小多同一匹馬，坐在小多的背後。

四個人早上從東烏出發，相信第二天半夜便可以到達西烏，到時可以趁着夜色朦朧，避過西烏守城士兵的監視，潛入城裏。

沒想到半路上出了狀況——天上下起大雨來了。

山路變得濕漉漉的，馬蹄老是打滑，為了怕發生意外，遇上特別又陡又滑的地方時，四個人都會下馬，徒步而行。

前面又是一段窄窄的山路，一邊是萬丈深淵，一邊是山壁，小多拍拍兩匹馬的屁股，讓牠們先行，然後自己緊跟着探路，一邊走一邊提醒後面的人要小心的地方。

突然，意外發生了，小多一腳踩在泥土鬆脫的地方，腳一滑，整個人往崖下滑去。

萬分危急之際，小嵐手急眼快，一手抓住小多的一隻手，而另一隻手就同時抓住了崖邊一棵樹。

小多暫時停止了下滑，但他身邊沒有任何可以抓住

的東西，以致整個人吊在空中。而小嵐一個女孩子，怎有力氣堅持呢？正在危急之時，楊天行及時伸手捉住小多的另一隻手，再一使勁，把他拉了上來。

這一切，發生在一瞬間，要不是小嵐那一抓，小多已經掉了下去，摔得粉身碎骨。

真是好險好險！

小多謝過小嵐和楊天行，一行人又再上路，有了剛才那次險遇，大家走得更小心了。

這樣直到天朦朦亮時，四個人才翻過山，來到了西烏城外。

東烏軍隊正駐紮在那裏，副將威利聽到楊天行到了，急忙出迎。

威利讓衞兵帶小多及曉星去另一個營帳休息，又把楊天行和小嵐帶進主帥營。楊天行簡單講了下一步的安排，威利聽了不禁拍手稱好，又對小嵐欽佩地說：「小嵐姑娘有智有勇，相信一定能完成任務，讓城門不攻自破。不管是東烏還是西烏將士，都是我們的同胞兄弟啊，兄弟相殘，實在是我們大家都不願意見到的！」

小嵐笑笑，又問：「請問威利將軍知不知道，城外是否有一處叫迷魂谷的地方？」

威利拿出軍事地形圖，仔細看了一會，指着一處地方說：「看，這就是迷魂谷！」

楊天行看了看地形圖，說：「離這裏不遠，走半個時辰就到了。趁現在天還沒亮，我們快去那裏找山洞出口。」

威利說：「你們小心一點。自從開戰以後，四面城門城樓上都設了瞭望哨，一發現有人接近城門，他們就會馬上放箭。不過幸好現在有霧，正好給你們作掩護。」

一行四人在軍營吃過早飯，便告別威利將軍，朝迷魂谷方向走去。晨霧濛濛，幾乎離開三四步就看不見前面的人，幸好楊天行和小多都是軍人，平日有這方面的訓練，才不致於在迷霧中走岔路。

為怕跌跤，楊天行拉着小嵐的手，而小多就牽着曉星。曉星沒見過這樣大的霧，覺得很好玩，一邊走一邊蹦跳着，還用手去抓那些白茫茫的霧，但跌了幾跤之後，便老老實實走路了。

大霧掩蓋了他們的行蹤，但也給他們找尋路徑帶來了困難，用了大半個時辰，才在一塊大石碑上找到了迷魂谷三個字。

接下來要找的就是朵娃說的山洞了。迷魂谷石碑上正對着是一座陡峭的山，相信山洞就在山那邊。大霧迷茫，難以看清狀況，三個人只好順着山體，一寸一寸地摸着。

幸好後來霧散了一點，東西也漸漸看得清晰了，突然，小嵐低聲地道：「找到了，山洞在這裏！」

其他三個人馬上跑了過來。果然，一個狹窄的洞口出現在眼前。還可以看到洞口牆壁處，有一隻用石頭刻出來的老虎。那正是草兒的手跡呢！

小嵐興奮地說：「就是這裏！就是這裏！」

小嵐回身對楊天行說：「事不宜遲，我們要進去了。你和小多馬上回兵營吧，要不等會霧全散了，你們很容易被發現的。」

楊天行交給小嵐一隻鴿子，說：「這鴿子腿上有一個小竹管，你想跟我聯絡時，只需把信放進小竹管裏，放飛鴿子，牠就能把信送到我手上。」

小嵐接過信鴿，信心滿滿地說：「天行哥哥，謝謝你。你就等着我的好消息吧！」

她又對小多說：「小多，記得我教你唱的那首民謠嗎？你回去就教兵營的士兵唱。過幾天，當你看到有很多藍色的風箏飛上天空時，你就讓東烏所有士兵都一齊唱這首歌，唱得越大聲越好，要讓守城的西烏士兵都能聽見。」

小多說：「記住了，我回去就教士兵們唱。」

小嵐朝楊天行和小多揮揮手，說：「天行哥哥，小多，我們勝利後見！」

楊天行和小多也朝小嵐和曉星揮手：「小嵐再見！曉星再見！」

小嵐拉着曉星，走向山洞。聽到背後楊天行喊了一

就是這裏！就是這裏！

聲：「小嵐！」

小嵐一轉身，微笑地看着他，楊天行眼裏有着許多的不放心：「小嵐，一切小心！」

「嗯！」小嵐留下了一個美麗的微笑，一閃身，走進了那個窄窄的山洞。

山洞果然如朵娃所説，很窄很窄，小嵐和曉星都算身形瘦削的人，但都只能僅僅通過，遇到有些特別窄的地方，還得使點勁，才能過去呢！

小嵐在前面探路，曉星在後面跟着。他一直不停地説話。

「小嵐姐姐，剛才地方好窄，幸虧在軍營裏我只吃了十個包子，要是吃了十一個，説不定就過不了啦！」

「小嵐姐姐，走慢點，我的小腳趾被石頭咬了一下，好痛好痛……」

「小嵐姐姐，我們會不會走不出去的？堵在中間，不能進又不能退，變夾心餅！」

「小嵐姐姐，這裏面有蛇嗎？我怕蛇的！」

小嵐快被曉星的嘮叨弄瘋了，不由得大喊一聲：「閉上你的貴嘴好不好？煩死了！」

曉星不敢再説話了，但又不服地嘀嘀咕咕：「哼，真不知道你這個姐姐是不是冒認的，對我這麼兇！」

小嵐因為曉星的話分了神，被一塊石頭絆了一下，差點跌倒，不由得氣狠狠地嚷道：「是啊是啊，我是冒認的，我根本不是你的姐姐，你一個親人也沒有，你是從石頭爆出來的！」

沒想到，這下把曉星惹哭了：「嗚嗚嗚，爹爹呀，媽媽呀，姐姐呀，小嵐姐姐欺負我……」

小嵐又惱又急，正在這時，前方出現一縷光線，她馬上喊了一聲：「別出聲，快到洞口了！」

曉星一聽馬上捂住嘴巴，潛入西烏的危險他可是知道的，他可不想給人抓住。

兩人小心地走着，盡量不發出聲音，光線越來越強，他們已接近洞口了。小嵐回頭向曉星打了個手勢，示意他先等等，她自己就細心傾聽外面動靜。

外面似乎很安靜，除了小鳥啾啾，就沒有其他聲音了。小嵐探出身子往外張望，只見外面渺無人跡。

小嵐放心地走了出去，又小聲叫：「曉星，可以出來了。」

曉星急忙跑出洞口，他舒服地吸了幾口新鮮空氣，說：「啊，活在太陽底下太幸福了！」

小嵐觀察了一下四周情況，見到有一條下山的小路，便對曉星說：「我們走吧，先去找朵娃。」

「嗯。」曉星又問，「朵娃是誰呀？」

小嵐說：「我的好朋友。她有一個弟弟和一個妹妹，跟你差不多大呢！」

曉星聽了很高興，「太好了，我想跟他們做朋

友。」

很快下了山，走一段路便是集市。集市還是冷冷清清的，只有一兩間店舖開門，賣些不常用的雜物。賣日用品或食品的舖子，全都關着門，想是所有貨物都一早賣光了。小嵐辨了一下方向，便拉着曉星往乞丐村走去。

突然看見前面有一隊士兵迎面走來。

是狼虎隊！

小嵐事前已跟曉星講了在西烏應注意的事項，其中包括介紹國王的御用軍隊狼虎隊的兇惡和殘忍，萬一碰上時應小心應對。所以她馬上對曉星說：「有狼虎隊，小心！」

曉星本來還唧唧喳喳地說着話，一聽小嵐的話馬上住了嘴。

小嵐明顯感覺到，她握着的曉星的手瞬間變得冰冷。不禁轉頭看看他，天哪，只見他臉色蒼白，嘴唇顫抖，一副極端恐懼的樣子。

小嵐暗想不好，這孩子在和平環境長大，何曾見過這等兇神惡煞之人。遠遠見到已是如此驚恐，萬一被狼虎隊截住盤問，難保他說錯話露出破綻。兩人陷入危險不用說，任務也無法完成。

她急中生智，便用手在曉星臉上亂抹了幾下。剛才穿越狹窄的山洞時，雙手沾了很多泥，這下把曉星臉上抹了個大花臉，加上他們出來時故意換上的破爛衣服，曉星十足一個小乞丐。

小嵐又對曉星說：「等會如果狼虎隊盤問，你就裝啞巴，別出聲。」

「嗯。」

狼虎隊越走越近，小嵐牽着曉星，低着頭急急地走着，心裏說：「別惹我，別惹我……」

誰想還是躲不過，只聽一聲大喊：「站住！」

小嵐心裏叫了聲「倒霉」，就停住了腳步。曉星的手在她的手心裏直抖。

小嵐一轉身，望向那隊士兵，其中一個領頭的用手指着他們這方向，兇神惡煞地說：「你們給我滾過來！」

小嵐正要邁步，卻聽到後面有人應道：「是，長官！」

小嵐扭頭一看，他們左後方有兩個年輕男人，正朝狼虎隊走去。

原來，狼虎隊喊停的不是她和曉星，而是在他們後面的兩個男人。

小嵐不敢停留，拉着曉星急急忙忙地走了。

身後，傳來一陣打罵聲：「打死你們這兩個混蛋！打死你們這兩個混蛋！國王三令五申，要全部青壯年男人都入伍當兵，你們為什麼不去！」

那兩個人在叫痛：「啊，長官饒命！」

其中一人在爭辯：「我家上有老下有小，沒有我照顧，他們會死的！長官，你就行行好，放過我吧！」

「不行！你們現在只有兩條路可走，一是馬上跟我們回去，入伍當兵；二是頑抗到底，那就別怪我不留情，現在就把你們一刀刺死！」

小嵐恨得牙癢癢的，真恨不得轉身跑回去，把那幫為虎作倀的狗奴才一頓痛打，救出那兩個百姓。但一來勢單力薄，二來有任務在身，不能輕舉妄動，所以只能咬咬牙，急急離開了。

聽着那兩個男人哭喊的聲音越來越遠，想是被狼虎隊抓走了。

看看曉星，泥巴也掩不住他臉上的慘白。他扭頭看看後面，又看看小嵐，說：「姐姐，這些人真可怕！西烏的百姓肯定每天都提心吊膽過日子，他們真是好慘啊！」

小嵐說：「是啊！所以我們一定要好好完成任務。只要東烏大軍順利進城，捉住阿弗弗國王，消滅國王的『狼虎隊』，西烏百姓才有好日子過。」

曉星捏捏拳頭，說：「好，我一定要勇敢，幫助姐姐完成任務！」

「曉星真厲害，曉星真勇敢，曉星一定能完成任務！」小嵐為了給曉星打氣，便一連給他戴了幾頂高帽。

這下子還真有效，曉星拍拍胸脯，說：「姐姐，我是男子漢嘛！我不勇敢，怎麼保護姐姐，怎麼幫助姐姐完成任務！」

小嵐想起他剛才嚇得臉青唇白的樣子，不禁暗笑。

第18章　重返乞丐村

時間還早，乞丐村只有少數人在走動。還有一些人在門口洗漱。小嵐有意戴上一頂破帽子，避開人們的視線，帶着曉星悄悄來到朵娃家。

門外的廚房飄出炊煙，小嵐想，一定是朵娃在弄早餐。她悄悄走到門口，往裏一看，果然，朵娃蹲在爐灶前，正用嘴使勁去吹旺爐子裏的火。

小嵐喊了一聲：「朵娃！」

朵娃愣了愣，一回頭，見是小嵐，樂得馬上跳了起來，把小嵐一把摟住。

「小嵐，你回來了。太好了，太好了！」她竟嗚嗚哭了起來。

小嵐給她擦着眼淚，笑着說：「傻丫頭，我不是好好的嗎？哭什麼！」

朵娃這才破涕為笑：「你不知道我多擔心你和楊大哥！」

小嵐說：「楊大哥挺好的，傷勢差不多全好了。他叫我向你問好呢！」

朵娃高興地說：「太好了！小嵐，我們快進屋，草兒和花娃天天唸叨着你呢！」

她這時才看見了站在小嵐身後的曉星，便問：

「咦，這小孩是誰呀？」

小嵐說：「這是我弟弟。曉星，快叫朵娃姐姐。」

曉星也乖巧地喊：「朵娃姐姐好！」

「哎！曉星好！」朵娃高興地說，「小嵐，你找到你家人了？真是恭喜你呀！」

三個人說着話進了屋。草兒和花娃剛睡醒，見到小嵐，都高興地撲了過來，哇哇大叫：「小嵐姐姐，小嵐姐姐，你回來了！我們都很想你呢！」

小嵐說：「姐姐也想你們呀！」

草兒和花娃發現了曉星，都用好奇的眼光望着他。曉星主動跑了過去，拉着他們的手，說：「我知道你叫草兒，她叫花娃。」

花娃說：「嘻嘻，你怎麼知道？」

曉星擠擠眼睛說：「我會猜！」

草兒說：「啊，真的？你好厲害！那你叫什麼名字？」

曉星眨眨眼睛說：「我是英俊瀟灑、高大威猛、玉樹臨風、聰明伶俐、天下無敵、無所不知無所不曉、能知過去未來的——曉星！」

草兒和花娃被他糊弄住了，眼睛睜得大大的，異口同聲地說：「哇，你好厲害啊！哥哥，你快講些過去和未來的有趣事情給我們聽聽。」

朵娃說：「嘿嘿，兩隻懶貓先別纏着曉星。快去洗

臉刷牙，吃了早飯再讓曉星哥哥講故事。」

「好啊！」兩個孩子高興地爭着跑出去洗臉。

小嵐幫朵娃把早飯端進屋裏，那是一點番薯和一些綠色東西摻在一起煮的粥。

小嵐問：「吃的還有多少？」

朵娃歎了口氣：「不多了。這番薯還是你上次從胖老闆那裏扒下來的。這些日子一直省着吃，才吃到現在，不過也就剩下幾個了。」

「富兒他們家情況怎樣？」

「唉，很糟。反正整條村的情況都很糟。因為打仗的緣故，有點錢的人只能自保，因為誰也不知道這場仗要打多久。沒有人再敢施捨東西給我們，這裏家家戶戶只能各自想辦法，找些能填肚子的東西，保住性命。」

小嵐聽了，心裏很難過。她更加覺得，這次的任務一定要完成，這樣才能拯救西烏廣大貧苦百姓。

這時草兒花娃已洗好臉跑進來，坐到桌子前。朵娃說：「曉星，小嵐，咱們一塊吃。」

小嵐看着桌上五碗只有一半滿的粥，就說：「我早上吃過了，不餓，你們吃吧！」

她把自己那碗粥倒了一些到草兒碗裏，又倒了一些到花娃碗裏。

曉星是個饞貓，一見到有東西吃便毫不客氣地端起碗，呼嚕嚕喝了一口。

「呸呸呸，這綠綠的是什麼東西？怎麼又苦又澀？」他趕緊吐了出來。

朵娃說：「是榆樹葉。」

曉星很吃驚：「啊，樹葉？！」

小嵐拿過曉星的碗，看了看，詫異地說：「怎麼要吃樹葉？」

朵娃說：「這陣子，連野菜也被摘光了。大家只好摘榆樹葉子煮了吃，雖然味道不好，但好歹能填肚子。」

曉星不可思議地看着朵娃，他大概才知道，原來這世界是有人慘得要吃樹葉的。

朵娃又說：「村裏才那麼幾棵榆樹，葉子摘光以後，可連填肚子的東西也沒有了。那我們就沒有活路了。」說着說着，就流下淚來。

小嵐用手摟住朵娃的肩膀說：「朵娃，別難過，大米飯會有的，好日子會有的，老天爺不會讓好人走投無路的，相信我！」

朵娃看着小嵐堅定的眼神，點了點頭。

吃過飯，小嵐幫着朵娃拿碗去洗，聽到三個孩子在屋裏聊得很熱鬧。其中的主講當然是曉星了。

「……你們知道我爹我媽是幹什麼的嗎？他們是大俠！他們現在閉關練功，練一些很厲害的功夫，要練很多年呢，所以我都忘了他們樣子了。練成以後，嘿嘿，

天下無敵，可以打遍全世界。我除了小嵐姐姐之外，還有一個姐姐，她在鯨魚肚子裏住。鯨魚肚子裏冬暖夏涼，她說很舒服，不想出來呢……」

小嵐聽了，又好氣又好笑。趁着他們聊得高興，小嵐拉着朵娃，坐廚房的草堆上說話。

「我跟楊大哥走了之後，狼虎隊沒有為難你們吧？我一直都擔心着呢！」

朵娃說：「沒事，他們不知道楊大哥在我們家裏藏過。」

小嵐問：「阿荷沒向狼虎隊告發？」

朵娃說：「沒有。她還算有點良心。不過也可能是因為寶娃把我們留在她家裏過夜，阿荷生怕自己也會沾上個窩藏罪吧！」

小嵐說：「要是你們有什麼事，我肯定不會放過她的。對了，這段日子東烏圍城，大家都沒事吧？」

朵娃說：「除了吃的越來越少，別的沒什麼。開始大家還以為東烏軍隊一定會用大炮炸城，然後大舉攻城的，所以都害怕極了。因為大炮一炸，城裏百姓也都會遭殃，死傷免不了。真沒想到，東烏軍隊沒用大炮轟炸，看樣子他們是不想傷害無辜。」

小嵐說：「朵娃真聰明。事情正是這樣。」

小嵐把許多事情一五一十地跟朵娃說了，包括天行哥哥的身分，東烏首領和平進入西烏的決定，也包括自己和曉星這次回來的任務。

朵娃眼睛睜得大大的，神情越來越興奮。等到小嵐說完，她早已激動得滿臉通紅，她抓住小嵐的手，說：「太好了！我們有救了！記得以前爹爹就很反對戰爭，常說，東烏西烏本是一家，東、西人本來是同胞兄弟，沒理由要骨肉相殘，沒理由國家要分成兩半。沒想到，東烏人也都這樣想，沒把我們當敵人，而是當兄弟姐妹。這下太好了，西烏人有救了。」

「這事情，首先還得你們自己自救。」小嵐拍拍朵娃肩膀，「怎樣才能讓守門士兵放下武器，讓東烏軍隊進城，這是目前最要緊的事情。而這事情嘛，得靠你，還有乞丐村的小朋友來幫忙呢！」

「啊！」朵娃又驚又喜，「真的，我們可以幫忙？小嵐，有什麼需要的你只管吩咐，我們一定全力以赴。」

小嵐說：「好的，等會兒，你把富兒和桂娃，還有你信得過的、辦事機靈的小孩叫來這裏，我們一起商議怎麼做。」

「好。」朵娃想了想，又問，「小嵐，那叫不叫寶娃。自從上次告密事件之後，我對她改變看法了，她媽壞，她並不壞，她心地挺好呢！」

小嵐說：「當然可以叫上寶娃！我知道她跟她媽媽不一樣。」

第19章　孩子的戰爭

朵娃出去了一會兒，叫來了兩個男孩兩個女孩。他們是之前小嵐見過的富兒、桂娃，還有寶娃。另外一個叫海兒，他父親跟富兒父親一樣，也被抓去當兵了。

上次小嵐在乞丐村裏派番薯，幫了不少「家無隔夜糧」的村民。她離開後，大家都很想念她。所以幾個孩子一見到她回來了，就好像看到主心骨一樣，都很興奮。

朵娃的小屋子連曉星和草兒花娃，一共坐了九個人，顯得挺擠，但又挺熱鬧的。

開會了，小嵐很嚴肅地說：「在座的都是信得過的人。今天，我們聚在一起，要商量一些很重要的，關係到烏莎努爾命運的大事。」

大家一聽，都坐直了身子，很緊張，也很興奮。

小嵐把兩國現在的形勢還有自己這次回來的任務一一說了。大家聽了，都七嘴八舌議論起來。

富兒說：「太好了，這下我們有好日子過了。」

寶娃說：「聽說東烏人都能吃飽穿暖，好了，我們回歸東烏，再也不用挨餓了！」

桂娃說：「小嵐，兩國統一，我媽媽就能回到西烏跟我們團聚嗎？我當兵的爹爹就能回家嗎？」

小嵐說：「能，一定能！」

海兒很激動：「我爹如果也能回家就太好了。」

小嵐說：「放心吧，你們的願望一定能實現，你們的爹爹一定能回家的。」

因為興奮，孩子們的臉都紅紅的，眼睛都亮亮的，小嵐的話點燃了他們心中的希望。

富兒說：「小嵐，你告訴我們該怎樣做，我們要為國家統一、為爹爹回家而努力。」

小嵐說：「我們打一場『孩子的戰爭』！」

「啊！」寶娃說，「是我們小孩子都上戰場打仗嗎？我可不會舞刀弄槍啊！」

小嵐笑着說：「放心，這場戰爭，不用槍不用炮，只用兩個字，『親情』！」

「親情？」

小嵐點點頭。

「西烏征戰連年，幾乎所有家庭都有人當過兵或現在當兵。而每當一個家庭有人被征入伍，就意味着生離死別，意味着家散人亡。所以，我們第一步是進行反戰宣傳。」

「反戰宣傳？什麼是反戰宣傳？」孩子們都被這新穎的詞語吸引了。

小嵐說：「發動士兵的孩子，讓他們寫信給自己父母，呼喚他們回家，動搖士兵軍心；第二步，我們教會

城中所有孩子唱《東西烏，一家親》這首歌，歌的曲子來自烏莎努爾一首古老的、東西烏人都熟悉的民謠，詞是我重新寫的。我們要讓孩子們在大街小巷傳唱這首歌；第三步，就是設法和守城士兵取得聯絡，策動他們起來造國王的反，打開城門放東烏軍隊入城。」

大家一聽都興奮極了。

「啊，這辦法太好了！」

「小嵐，你真了不起！」

「『孩子戰爭』一定贏！」

富兒說：「那我和妹妹，還有海兒就負責發動朋友們給爹爹寫信。我跟他們同病相憐，他們會聽我的。」

朵娃說：「我和弟弟妹妹、寶娃負責教小朋友唱歌！」

桂娃說：「不過，小朋友寫好的信，怎麼交到他們爹爹手裏呢？」

小嵐說：「桂娃問得好！辦法我想到了，我們可以做許多隻大風箏，利用風箏把信送到城門上空。信落下時，就會落到士兵手裏……」

「我會做風箏，我負責做！」曉星沒等小嵐說完，大聲嚷了起來。

因為初來乍到，他對西烏情況一點不熟悉，所以小嵐剛才說的三項任務他一點也幫不上忙。一聽小嵐說要做風箏，便搶着要負責。他在烏莎努爾時曾經跟萬卡學過做風箏呢！雖然失了憶，但如何做風箏他卻仍然記得。

小嵐說：「好，那我們就分頭行事。第一隊是信函隊，由富兒做隊長，隊員有桂娃、海兒；第二隊是民謠隊，由朵娃做隊長，隊員有寶娃、草兒、花娃；第三隊是風箏製作隊，隊長是曉星。」

曉星有點不滿意：「啊，每個隊長都有隊員幫忙，就我是光棍司令。」

小嵐說：「小器鬼！有我呢。我還會找人來幫你忙，保證你這一隊是最多人的。」

曉星說：「嘻嘻，這還差不多！」

小嵐說：「那好吧，說完分工，要說時間了。所有工作，都要在三天內完成。大後天這個時候，我們就必須集齊信件，教會全城小朋友唱歌，做好風箏，第四天，就要啟動『孩子戰爭』。大家有沒有信心？」

「有！」

小嵐說：「其實還有一個很重要的問題沒解決。就是我們要設法了解守城士兵的情況，並跟他們溝通。」

朵娃說：「這很難啊！城門附近一帶都是禁區，平常都不許人走近。別說是溝通，連跟士兵說句話都不行呢！」

海兒想了想，說：「我有個辦法可以試試。爹爹在家時養了隻鴿子，我們都叫牠『灰灰』。灰灰很聰明，

有一次，我媽病了，爹又剛好出去幹活，我們一時找不到他。後來，我寫了紙條綁在灰灰腳上，叫牠去找爹爹，沒想到，還真找到爹爹，把他帶回家。」

小嵐一聽很高興：「那太好了，我們可以寫一封信，讓灰灰送到你爹手上。再讓你爹把士兵的情況寫成信，讓灰灰送回來。」

海兒說：「但是，因為家裏沒吃的，灰灰也跟着我們挨餓。牠現在很瘦，飛一小段路就不行了，不知道牠能不能飛到城門找爹爹。」

小嵐說：「不管怎樣我們都要試試。這兩天，多餵點吃的給牠。」

朵娃說：「我家還有幾個番薯，等會你拿兩個回去給灰灰吃。」

小嵐一揮手：「大家記住，一切必須秘密進行，絕對不能讓狼虎隊知道。要不，我們不但完成不了任務，還可能被狼虎隊抓進監獄。」

「明白！」

「好，我們分頭行事。」

富兒拉着桂娃海兒，興沖沖地走了。其餘的人準備跟小嵐學唱歌。

寶娃突然想起一件事，問：「小嵐，你說，發動『孩子戰爭』的事，能不能讓我媽媽知道？」

小嵐還沒開腔，朵娃就搶着說：「這還用問，當然不能了！萬一她去告密，那我們就完蛋了。」

朵娃話音剛落，門口響起一把聲音：「我真有那麼壞嗎？」

屋子裏的人都嚇了一跳，朝門口看去，天哪，那不是阿荷嗎？！

大家都呆住了。

寶娃跑到阿荷面前，說：「媽，你來這裏幹什麼？你來多久了？」

阿荷說：「來找你。來了多久？很久！反正，聽到了你們要在三天內要完成的事情。『孩子戰爭』，對不對？」

朵娃一聽大怒：「你！你好惡毒，竟然偷聽我們開會。」接着，又大喝一聲：「快，把她包圍住，綁起來，直到我們取得勝利以後才放她出來。」

寶娃說：「媽，你真的故意來偷聽的嗎？媽，你令我好失望！」

阿荷突然大哭大叫起來：「天哪，我好慘啦，連我自己的女兒都不相信我。」

小嵐這時開腔了：「阿荷，這你就要好好反省一下自己了，為什麼連自己女兒都不相信你。」

阿荷一屁股坐到牀上，哭着說：「小嵐，你以為我從來就是壞人嗎？我也曾經是個好人。只是我窮怕了，我爹爹是餓死的，我媽媽是餓死的，後來，丈夫也餓死

了。從丈夫死的那一天開始，我就對自己講，我只剩下寶娃一個親人了，我不能再失去她。即使用怎樣卑鄙下流無恥的方法，也要活命。我開始變得貪婪，變得不擇手段，只要有吃有錢，什麼都可以幹。自己做了多少壞事，連自己都不記得了……」

「媽……」寶娃哭着抱住阿荷，「媽，你別說了，別說了！」

小嵐聽着阿荷的哭訴，心裏對她的怒氣早消了一半：「阿荷，西烏城有很多人都像你一樣過着苦日子，但是，他們有像你這樣坑人嗎？沒有。窮也可以窮得有志氣的，窮也不能去損人利己，相信寶娃也不喜歡你這樣做。」

阿荷嘀咕着說：「我知道，那死丫頭從來就瞧不起我。」

寶娃說：「媽，小嵐說得對，我們不能光為了自己活，就不顧別人死呀！」

阿荷說：「我也知道不對，其實我這些年心裏何曾安樂過，每騙一次人，心裏都不好過。好吧，小嵐、寶娃，我就聽你們的，以後，不管怎樣窮，都不再騙人坑人。」

朵娃一臉不相信：「哼，我相信才怪呢！」

阿荷說：「不信，你可以看我行動啊！我聽到你們的計劃了，其實我哪會去告密，支持還來不及呢！苦了那麼多年，誰不想有好日子過。阿弗弗國王統治一日，我們就受苦一日，我都想他趕快下台。所以，我支持『孩子戰爭』，我可會唱歌呢，我就跟寶娃一塊，教小朋友唱歌。」

朵娃撇撇嘴說：「不不不，我可不想給自己惹麻煩。」

小嵐說：「朵娃，我們就信阿荷一次，讓她幫忙吧！」

朵娃翻着白眼，一副不情不願的樣子，只是礙着小嵐情面，才不再反對。

第 20 章 《東西烏，一家親》

各小隊的隊長都十分稱職，當天晚上已見成效：富兒抱着一大堆信來了，他們去了六七個村子，那裏的孩子們一聽到可以寫信給日思夜想的父親，都開心得不得了，馬上找來紙筆，又是寫又是畫，寫完就交給富兒他們。數數有五十多封呢！

朵娃就唧唧喳喳地告訴小嵐，民謠隊分頭行動，她和草兒花娃這一組，去了六個地方教小朋友唱歌，那些小朋友學得很快，現在已經在到處傳唱了。朵娃說，阿荷跟寶娃那組也不錯，去了五個村子教唱歌……

曉星的風箏製作已經做了很多前期工作，包括削竹子啦，裁紙啦。這全靠小嵐在村子裏找來了四、五個小孩子，曉星咋咋呼呼地指揮着，忙得不亦樂乎！

到了第三天……

午飯後，孩子們陸陸續續到了。大家都很開心，富兒數着堆在牆角的信，足有兩百多封呢！

曉星把做好的四隻藍色大風箏掛了起來，背着手圍着風箏轉圈，一邊轉一邊嘖嘖地讚美着。

朵娃和弟弟妹妹，還有寶娃，四個人站在大門口，在全神貫注地聽着什麼。啊，原來隨風飄來遠遠近近的歌聲：「東烏和西烏，本是一家人；同飲一江水，同唱一首歌；穿一樣的衣服，說一樣的話兒⋯⋯」啊，全城的孩子都在唱着《東西烏，一家親》這首歌呢！

海兒還帶來了鴿子灰灰，孩子們都很喜歡牠，圍着逗牠玩。灰灰雖然長得又瘦又小，但是十分可愛。灰色的毛很柔軟，兩隻滴溜溜轉動着的黑眼睛顯得十分機靈。

小嵐說：「開會囉！開會囉！」

她興奮地說：「大家都完滿地完成了任務！看來，我們的工作可以提前一天開始了，我們現在就去放風箏，把信送出去。」

「太好了！太好了！」孩子們高興得小臉通紅，大家七手八腳幫着把信放進四個紙袋子裏，又把袋子掛在風箏上。曉星這回可是動了腦筋，用了很巧妙的方法，那紙袋子只要在空中被風吹上一會兒，就會破開，信就會一封封掉出來。

小嵐將孩子們分成四個組，分別去四個城門放風箏。她自己就帶着海兒去了南門。

跑上了城門附近一座小山崗上，小嵐和海兒很快把風箏放起來了。風箏借着風力扶搖直上，飛到了城門上空。

海兒從懷裏掏出灰灰，往天上一放。灰灰撲棱棱地搧着雙翅，飛上了天空。灰灰身上有一封海兒寫給父親的密信。信裏，海兒轉達了小嵐的意思：東烏軍隊決不

傷害無辜，一定善待放下武器的士兵。希望海兒爹協助發動守城士兵，打開城門迎接東烏軍隊。

小嵐和海兒抬頭仰望，只見四處城門上空都有一隻藍色風箏在半空中飄呀飄的，接着，看見一封封信件，就像白色的小蝴蝶，從風箏裏飛出來了。

「成功了！成功了！」小嵐和海兒高興得拍起手來。

這時，聽到城裏城外都響起了歌聲——

「東烏和西烏，都是一家人……」是城外東烏士兵在唱！

「同飲一江水，同唱一首歌……」是城裏西烏的孩子們在唱。

歌聲混成一體，分外動聽。

「穿一樣的衣服，說一樣的話兒……」歌聲越來越響亮，越來越多人加入。小嵐驚喜地發現，越來越多的聲音來自四面城門，來自大街小巷。啊，西烏的士兵唱起來了，西烏的民眾也唱起來了！

原來，幾天來孩子們不斷在傳唱《東西烏，一家親》，那熟悉的曲子，那說到他們心坎裏的歌詞，已經被許多人記住了。所以此時聽到城外的東烏的士兵在唱，聽到孩子們在唱，西烏的大人們也情不自禁地唱了起來。

「東烏和西烏，本是一家人；同飲一江水，同唱一

成功了！成功了！

首歌……」歌聲在西烏上空迴響着。

小嵐激動地傾聽着，心想，這哪裏是歌聲，這是一股匯聚而成的力量，這股力量，將會成為東西烏統一的強大推動力！

這天晚上，小嵐一晚上都睡不着。該做的都做了，就等海兒爹的回音了。希望鴿子灰灰不負眾望，把信送到海兒爹的手裏。也希望海兒爹能完成任務，成功發動士兵開城迎接東烏軍隊。

直到東方微露晨曦，小嵐才迷迷糊糊地睡着。

「砰砰砰！砰砰砰！」敲門聲把小嵐吵醒了，把曉星吵醒了，把朵娃和草兒花娃也吵醒了。朵娃起來開門，一看門口站着海兒，海兒手裏捧着鴿子灰灰。海兒興奮地說：「灰灰回來了！灰灰回來了！

小嵐很高興：「有回信嗎？」

海兒說：「有！」

海兒把灰灰放在桌子上，從牠腿上的小竹管取出一張摺得很細小的紙，打開遞給小嵐。

小嵐匆匆看了一遍，不禁喜上眉梢。

朵娃性急地問：「怎麼啦？海兒爹怎麼說的，快說來聽聽！」

小嵐說：「海兒爹的信裏說，士兵們本來就無心作戰，早前聽了孩子們唱的歌謠，更是不想再自己人打自己人；後來收到兒女們來信，更是希望早日結束戰爭，回家和親人團聚。他們聽海兒爹說東烏軍隊之所以沒有再進一步攻城，更沒有用大炮轟炸，是因為不想傷害他們，都很感動。昨天晚上，他們等守城長官睡下後，暗地裏集會串連，決定等明天三更時分，開南城門迎接東烏軍隊。」

「噢，我們成功了，我們成功了！」一班孩子又叫又跳。

突然，聽到海兒喊了一聲：「灰灰，灰灰！你怎麼啦？」

大家停止歡呼，一齊朝灰灰看過去。

只見灰灰身子軟軟地癱在桌子上，小小的腦袋無力地低垂着，眼睛也閉上了。

「灰灰，灰灰！」大家一齊喊道。

可是，灰灰再也沒有睜開牠那烏溜溜的黑眼睛。瘦弱的灰灰，勇敢的灰灰，拼盡全力完成了牠的任務之後，死了。

「灰灰！」孩子們都哭了。

小嵐擦乾眼淚，寫了一封信給楊天行，告訴他明天三更時分，西烏南城門士兵開城迎接東烏軍隊的消息。

第21章 香噴噴的大米飯

半夜裏，南城門守城士兵如約打開城門，讓東烏大軍長驅直入。其他三門的守軍，見到東烏軍已入了城，也都紛紛放下武器，不作抵抗。東烏軍如入無人之境，直搗阿弗弗住的大樂宮。

阿弗弗的御用軍隊「狼虎隊」見到東烏軍隊氣勢如虹，只好紛紛棄械投降。阿弗弗起初還負隅頑抗，見大勢已去，便悄悄喬裝打扮，從大樂宮後門逃走了。但最後還是被抓回來，抓他的人，正是楊天行。

經過幾天的調養，楊天行的身體已漸漸恢復，所以接任了東烏大軍的總指揮一職。他充分發揮了領導者的才幹。由於指揮得當，五萬大軍在凌晨六點，便佔領了西烏，結束了戰鬥。

接着，楊天行又命令各將領，開展各項接管及善後工作，包括收編西烏軍隊、給渴望回家的士兵發放遣散費；安撫受驚百姓、開倉發放糧食給窮人……忙得馬不停蹄。

楊天行所做的一切，令小嵐十分佩服，她便帶着一羣孩子，幫忙發放糧食。看着那些餓到皮包骨頭的窮苦百姓，個個捧着白米熱淚盈眶的開心樣子，小嵐既心酸，又快樂。

不知不覺忙到晚上，發放救濟糧的工作暫告一段落，小嵐才發現肚子餓得咕咕叫，她一天都沒東西下肚了。

「小嵐姐姐！小嵐姐姐！」遠遠有人喊。

見到曉星一臉興奮地朝她揮手：「姐姐，朵娃叫你回家吃飯！我們有飯吃了，有飯吃了！朵娃用分到的大米煮了一大鍋飯，香噴噴的飯！」

小嵐心裏暗暗嗟歎：這小子，自小養尊處優，在烏莎努爾皇宮更是吃盡美食佳餚，現在終於嚐到飢餓滋味了。看，連吃頓白米飯都這樣開心！

也許，這段經歷將令他記住一輩子，讓他明白人間疾苦，讓他珍惜擁有的東西。

乞丐村裏家家的煙囱都冒出了炊煙，傳出了飯香，聽到了歡聲笑語。這是從來沒有過的景象啊！小嵐心裏被快樂裝得滿滿的，西烏的窮苦大眾終於得救了！

朵娃在廚房裏張羅着，草兒和花娃一人拿着一隻碗，在屋裏叮叮噹噹地敲着，興奮得小臉兒通紅。一見小嵐進來，便撲過來摟住小嵐，喊道：「小嵐姐姐，有大米飯吃了，有大米飯吃了！我們不是在做夢吧！」

小嵐又心酸又開心，說：「草兒，花娃，不是做夢，你們以後會天天吃到大米飯的！」

草兒和花娃歡呼着：「天天有大米飯吃，好啊，真好啊！」

這時，朵娃端着一鍋飯出來了，香噴噴的，引起又一陣歡呼聲。朵娃先給曉星和草兒花娃每人盛了滿滿一碗飯，他們也顧不得謙讓，接過就狼吞虎嚥起來了。小嵐看着他們的饞樣子直樂。大家吃着一頓沒有菜的飯，卻吃得非常開心快樂。

突然門口有人敲門，朵娃放下碗，跑去打開門，她不由得高興地喊了起來：「楊大哥！」

站在門外的正是楊天行，他身後還跟着兩名衞兵。

屋裏的人都歡呼起來。尤其是曉星和草兒花娃三個小孩子，連飯也顧不上吃了，跑過來摟住楊天行。因為大家都知道，他們之所以能這麼快吃上白米飯，是楊天行一進城就馬上指揮開倉放糧。

楊天行呵呵地笑着，他看着桌上的米飯，說：「能不能讓我吃一碗啊，我一整天都沒有吃過東西呢！」

屋子裏的人一齊喊道：「當然可以！」

朵娃馬上去廚房拿了三個碗，盛得滿滿的，端給楊天行和兩名衞兵。

楊天行說：「那我不客氣了。大家也吃，一塊吃！」

在一片歡樂的氣氛中，大家邊聊天，邊吃着香噴噴的米飯。剛吃完一碗，聽到外面一片吵嚷聲，朵娃忙開門看看怎麼回事。門外黑壓壓一大羣人，幾乎全村的老百姓都往她們家來了。

富兒爺爺拄着拐杖，顫巍巍的也來了，他對朵娃說：「我們要見楊將軍和小嵐姑娘。」

這時，屋裏的人也出來了。小嵐跑過去扶住富兒爺爺，說：「爺爺，您病還沒好，怎麼出來了！」

爺爺扔掉枴杖，一手拉着小嵐，一手拉者楊天行，流着淚說：「楊將軍，小嵐姑娘，我雖然一直在家沒出門，但我孫子把什麼都告訴我了。謝謝你們兩位救了西烏百姓，救了乞丐村的窮人！」

幾百名村民，不分男女老少，一齊喊道：「謝謝楊將軍，謝謝小嵐姑娘！」

小嵐只覺得心中湧起一股熱浪，她的眼睛也濕潤了。

楊天行說：「鄉親們，大家好！大家不必謝我們，要謝的話，要謝你們的孩子。要不是他們協助小嵐姑娘做了很多工作，我們的隊伍也不可能順利攻佔西烏。其實我今天來這裏的，就是想謝謝你們，謝謝你們的孩子！」

「萬歲！孩子萬歲！孩子戰爭萬歲！」

曉星喊了起來，朵娃和草兒花娃也喊了起來，人羣中的孩子們都喊了起來。一片沸騰。

楊天行又說：「鄉親們，不幸的日子已經過去，你們準備迎接一個美好的未來吧！」

「萬歲！萬歲！楊將軍萬歲！烏莎努爾萬歲！」人

們歡呼着。小嵐看着楊天行，心裏又湧起一股熱浪，她相信天行哥哥的話一定會實現。

突然，人羣中有人「哇」一聲哭了起來。大家都嚇了一跳，這麼開心的時刻，什麼人在這裏大煞風景呀！

原來是阿荷！

她撥開人羣，走到楊天行面前，撲通一聲跪了下去：「楊將軍，阿荷有眼不識泰山，阿荷貪心想拿賞錢，差點讓你被狼虎隊抓住，阿荷罪該萬死……」

小嵐扶起阿荷，說：「阿荷，你知道錯就好。」又對楊天行說：「上次你受傷躲在這裏，就是這阿荷告密讓狼虎隊來抓你的。不過，阿荷真是知錯了。上次我們商量發起『孩子戰爭』，在朵娃家商量時，被阿荷聽到了，但她並沒有去告密，而是加入我們的隊伍，也出了不少力。她也是窮苦人，你能原諒她嗎？」

楊天行說：「既然這樣，那我就原諒你吧！以後要好好改過，做個好人。」

阿荷高興得叩了一個頭，連說：「謝謝楊將軍，謝謝楊將軍！」

天行哥哥的大量，又一次感動了小嵐。

人們散去後，楊天行對小嵐說：「我還想去感謝一個人，我們一塊去好嗎？」

小嵐想，白天時，自己已經跟着天行哥哥去謝過富兒爹和南城門的士兵了，還沒當面致謝的只剩下一個人了。小嵐知道他說的是誰，便高興地說：「當然好，我也想去感謝她呢！」他們要感謝的是芳娃。

楊天行和小嵐騎着馬去到集市，兩名衞兵在後面跟着。遠遠見到芳娃家門口，咦，胖老闆正推着一輛大板車回來呢！車上放着兩筐東西。芳娃從屋裏出來，見到胖老闆滿頭大汗，忙遞上一條手帕讓他擦汗：「爹，怎麼不叫伙計幫忙呀？」

胖老闆說：「我才不讓他們知道倉庫所在地呢！都怪你，把大白馬送人了，要不用馬車搬運就輕鬆多了。」

芳娃說：「我們家那麼多錢，再買一匹不就行了。」

胖老闆說：「哪裏還有錢！我把所有錢都買了糧食，準備以後賣高價。誰知道那麼倒霉，阿弗弗的軍隊那麼不堪一擊，仗這麼快就打完了，那東烏的將軍又馬上開倉放糧，現在誰也不來買我的東西了。天哪，我好慘呀！這些番薯又不能放久，都爛一半了，唉，我要破產了！」

芳娃說：「爹，我早就說過叫您不要貪那些昧心錢嘛，有道是『貪字得個貧』。」

胖老闆生氣地說：「爹都快成窮光蛋了，你不安慰，還來教訓爹。」

芳娃說：「爹，窮也沒什麼可怕。以後不用打仗

了，我家的舖子還會像以前一樣生意與隆的。爹，要是資金不夠，你辭掉伙計，我來幫你好了。」

正在這時，胖老闆發現了楊天行他們一行人，馬上目瞪口呆。楊天行在指揮開倉放糧時，胖老闆見到過，也聽旁邊的人説過他的身分，沒想到這大名鼎鼎的顯赫人物朝自己家來了。胖老闆還沒回過神來，這邊楊天行已跳下馬，朝芳娃走去。他朝芳娃深深鞠了個躬：「芳娃姑娘，別來可好？天行今天特地來向你道謝的。」

芳娃愣了一會兒，才發現眼前氣宇軒昂的大將軍，是不久前自己救過的那個楊大哥。

楊天行又説：「當日幸得芳娃姑娘仗義相救，還以白馬相贈，天行才得以脱險回到東烏。姑娘的恩德，天行沒齒難忘。」

芳娃還了個禮，笑着説：「將軍不用客氣，我只是做了應該做的事情而已。」

這時小嵐也下了馬，拉住芳娃的手，親切地説話。胖老闆在一旁聽着，才明白自己家那匹大白馬，原來是送給了這位大將軍。

他心中暗喜，這回可好了，女兒救了一位大將軍，今後自己家有靠山了。他忙堆上一臉笑容，過來向楊天行行禮：「楊將軍，小人有禮了。」

楊天行早聽小嵐講過胖老闆的為人，便淡淡地説：「老闆有禮。」

胖老闆又說：「楊將軍到來，令寒舍蓬蓽生輝，請到裏面坐。」

楊天行說：「謝謝！本將有軍務在身，不能久留。日後有時間再來拜訪。」

他牽過小嵐剛才騎來的大白馬，對芳娃說：「芳娃姑娘，當日你借我的大白馬，現在還在東烏養着，日後我會找時間給你送回來的。這匹白馬你們先用着，我們後會有期。」

芳娃正要推辭，楊天行已一蹤身上馬，又把小嵐拉了上去，坐在他後面。兩人跟芳娃揮手告別，策馬離去。

第 22 章　他就是霍雷爾

小嵐站在愛瑪山上，風呼呼地在耳邊掠過，小嵐在風中佇立着，思緒萬千。

跟着楊天行忙忙碌碌了很多天，總算可以歇一歇了。除了楊濟民留守東烏，梅登和查韋姆已趕來安排各項接管事務。小嵐趁機偷閒跑上愛瑪山，想想自己的事情。

登高眺遠，烏莎努爾河山盡收眼底。破碎的山河終於統一，歷史扭回了正確的軌道。接下來要做的事，就是讓「一箭定江山」回到原來的結局，讓霍雷爾成為一國之王。

但是，到底誰是萬卡哥哥的祖先霍雷爾呢？直到現在，這個人還沒有出現。

如果霍雷爾一直不出現，如果被改變了的歷史無法改回，那怎麼辦？沒有了霍雷爾，就沒有了後來國王掉包的故事，也就沒有了尋找他鄉的皇室後代的故事，沒有了自己跟萬卡哥哥的邂逅。

直到現在，她才發覺，自己是多麼的喜歡萬卡哥哥，離不開萬卡哥哥。

霍雷爾，你到底在哪裏？

天行哥哥是個好人，一個有能力有才幹的好人。如果他是萬卡哥哥的祖先，他是霍雷爾就好了，他一定會把烏莎努爾管治得很好很好。可惜，直到現在也沒有任何跡象證明他是。

身後突然有人説話：「怪不得找不到人，原來一個人到這裏來欣賞風景了。」

小嵐回頭，見楊天行笑瞇瞇地看着她。「天行哥哥，你整天忙來忙去的，小心傷口啊！」

楊天行説：「我的傷已沒什麼了，謝謝你的關心。」

小嵐突然想起什麼，問道：「這幾天忙得昏頭轉向，都忘了一個人了。小多呢，怎麼沒看見他？」

「小多？」楊天行臉上的笑容不見了，變得黯然神傷。

小嵐一看着急了：「小多怎麼啦？他受傷了嗎？他在哪裏？」

楊天行低聲説：「你跟我來。」

小嵐心內疑惑，便跟着楊天行下山，到了山腳處，在一片百花盛開、綠草如茵的地方，楊天行停了下來。他指着草地上一個新墳，説：「小多就在那裏。」

「啊！」小嵐大喊一聲，跑了過去。

怎麼回事？怎麼回事？可愛的小多，真不敢相信，你還這麼年輕，生命的花朵還沒有盡情綻放，怎麼就離開了這個世界了呢？小嵐的眼淚模糊了雙眼。

楊天行沉重的聲音在她耳邊響着：「小多是為了保護我而死的。那天攻入皇宮，我跟小多衝在前面，可恨的阿弗弗朝我放了一箭。小多發現了，便用自己的胸膛替我擋了那一箭，他自己卻……」

小嵐眼前湧現出小多憨厚善良的臉容，她的心都碎成七八瓣了。

楊天行說：「小多是個孤兒，他的老家就在西烏，所以我把他葬在這裏……怕你難過，所以暫時沒有告訴你。小多是個快樂的孩子，他一定不想我們為他傷心難過。」

小嵐想，對，對小多最好的懷念不是眼淚，而是儘快讓西烏從阿弗弗管治的創傷中恢復過來。她擦乾了眼淚，朝小多的墓鞠了個躬。小多，你是為保護主帥而犧牲的，你的死重於泰山。小多，你安息吧！

臨離開時，她再深深地看了看這個小多長眠的地方，再深深地看了一眼那塊墓碑。

這最後一眼，讓小嵐有如遭雷擊，她倒退兩步，跌坐在地上。那墓碑上的名字令她魂飛魄散，那上面分明寫着——霍雷爾．小多。

原來小多就是霍雷爾！

從現代社會來到這裏，為的是撥正被改寫的歷史，為的是尋找萬卡的祖先霍雷爾，令他成為烏莎努爾第一任國王。沒想到，眾裏尋他，他原來就在自己眼皮底下。怪不得沒有了萬卡這個人，原來歷史在這裏出了問題，他的祖先在沒有成為首領前，就被箭射死了。自己的到來令事情逆轉，救了他，但他最後還是為了救楊天行而去世了。

自己沒能完成任務，霍雷爾死了，永遠不會再有萬卡哥哥這個人了。小嵐不禁痛哭起來。

楊天行以為小嵐還在為小多難過，急忙把她拉走了，免得她對着小多的墓越來越傷心。

回到大樂宮門口，剛巧碰上梅登的衞士，說是梅登和查韋姆兩位首領有請。

梅登和查韋姆早已在議事廳等着。四人坐下，查韋姆說：「為了安定西烏民眾的心，我們決定在西烏百姓中選出賢能者，參與烏莎努爾的統一領導隊伍。告示貼出去不久，我們就收到一份百姓送來的萬人書。」

楊天行問：「什麼萬人書？」

梅登說：「就是百姓送來的薦賢信，上面有萬人簽名。」

楊天行又問：「薦賢信？他們推薦誰了？」

查韋姆笑着說：「是你！」

「啊！」楊天行吃了一驚。

梅登說：「這是西烏百姓對你的信任，把你當自己人了。這是好事啊！」

查韋姆說：「是啊！東西烏雖然本來是一家人，但畢竟分裂了十年，許多西烏人都對東烏採取懷疑和觀

望，甚至不信任的態度。所以，由他們信任的人來統治，會讓他們放心。」

小嵐心想：天行哥哥是個好人、能人，他絕對是做首領的人才。自己應該支持他。但是，這樣烏莎努爾的歷史就徹底被改變了，一箭定江山的三位首領就變成了四位首領。歷史將會變成什麼樣子呢？小嵐心亂得就像一團亂糟糟的毛線，好糾結啊！

楊天行有點不知所措：「這……其實我很願意更好地為烏莎努爾人服務，只是，我父親已是首領……」

梅登說：「你們兩父子怎麼都想一塊去了。濟民兄也是這樣說。而且他已經想出一個兩全其美的解決辦法了。」

查韋姆說：「是呀，濟民兄趁機要求卸任，讓你坐他的位子，自己做回老本行，行醫濟世去。我和梅兄都同意他的提議，天行，你就不要再推辭了。由現在起，你就跟我們平起平坐，成為烏莎努爾的首領吧。」

楊天行說：「既然父親及兩位首領的意思，那天行就不再推辭了。」

梅登說：「不過還有一件事跟你商量。希望天行改用烏莎努爾人的姓氏，這樣會更令西烏人把你當作自己人。這件事已跟你父親談過，他說沒意見，尊重你自己的意願。」

楊天行說：「如果放在以前，我或許會不願意。但是，現在我這條命是烏莎努爾人霍雷爾·小多用他的生命換回來的，我以能冠以烏莎努爾的姓氏為光榮。以後，我就用小多的姓，叫霍雷爾·楊天行吧。」

查韋姆哈哈大笑，說：「好一個霍雷爾·楊天行！好了好了，以後我們烏莎努爾的三個首領就是——梅登、查韋姆、霍雷爾！」

小嵐在一旁靜靜地聽着。聽到楊天行改名時，還沒意識到發生了什麼事，直到查韋姆把那三個名字連在一起唸了出來，她才大吃一驚。

她嘴裏喃喃地重複着查韋姆的話：「烏莎努爾三個首領——梅登、查韋姆、霍雷爾！」

「啊！」她驚呼了起來。她心裏喊着，「三個首領——梅登、查韋姆、霍雷爾！天哪，這就是歷史，這就是歷史的本來面目啊！」

楊天行果然就是霍雷爾，萬卡的祖先霍雷爾！

小嵐激動得熱淚盈眶。查韋姆瞅着小嵐笑：「天行，你成了烏莎努爾的首領，看把小嵐高興得那樣子。」

小嵐說：「是呀，我太高興了，太高興了！」

一塊大石頭終於放了下來。等「一箭定江山」之約完成後，她就可以真正撥亂返正了。

第 23 章　一箭定江山

東西烏統一以後，烏莎努爾的皇宮搬入了大樂宮，而隨着楊天行成為首領，烏莎努爾呈現了一派新氣象。

工業、農業並舉，商業也十分興旺，老人有養老保障金，病者有醫藥津貼，小孩有免費教育，人民開始安居樂業。烏莎努爾也正式命名為烏莎努爾公國。

但是，令人頭痛的是，梅登和查韋姆兩位首領還是很不合拍，每當議起事來都爭得面紅耳赤，有時為一點小事就爭上大半天，誰也不讓誰。有一天，查韋姆實在不耐煩了，大喊道：「我受夠了！我提議，我們三人來個了斷，選出一個人當國王，不要老是這樣爭論不休了。如果我當了國王，你們就聽我的，如果我輸了，我就惟你們馬首是瞻。怎樣？」

梅登說：「我讚成！我也不想老跟你爭論不休。沒勁！那怎麼了斷？」

查韋姆說：「我們都是武夫出身，就比武吧！誰贏了誰做國王。射箭、拳擊、刀劍。」

梅登說：「你比我年輕，拼體力的你會佔便宜。那就射箭吧！」

查韋姆說：「射箭就射箭，我才不怕你呢！」

兩人這時才記起了旁邊的楊天行，還沒徵求他意見呢！「天行，你意見怎樣？」

楊天行沒想到他們會這樣做，真不知如何作答：「這個……這個……」

查韋姆一拍他肩膀，說：「哦，你是說沒意見。好了，天行也同意了，明天早上，我們就集合在西校場，來個『一箭定江山』。」

梅登和查韋姆走了，他們急着回家練箭去了。

小嵐看了剛才一幕，心裏未免有點激動，烏莎努爾歷史上最重大的事件終於要發生了，明天，就是關鍵性的一天了。楊天行能否像歷史上那樣奪得勝利，順利成為國王呢？

為保險起見，她對楊天行說：「我陪你去練箭，好不好？」

沒想到楊天行漫不經心地說：「順其自然吧！我剛剛當首領，經驗還淺，由梅登和查韋姆當國王，可能比我更適合呢！」

唉，真是皇帝不急太監急！不過，小嵐也不會太擔心，她見識過楊天行了不起的箭術，只要他發揮正常水平就行。

第二天，梅登最早到達西校場。楊天行帶着小嵐曉星到達時，見到他在石桌上擺開一小壺酒，兩碟點心，正在自斟自飲。身旁站着個小書僮，替他趕蚊子。

查韋姆差不多到比賽時候才到，他身後跟着幾個看

熱鬧的朋友，嘻嘻哈哈的，全然不像將要舉行一場決定江山誰屬的比賽。

負責場地的副將威利反而最緊張，跑前跑後地指揮着幾名小兵，掃掃場地，移移箭靶……

比賽是用淘汰制，要求每支箭都要射中紅心，誰射不中，就算輸。

等到擔任裁判的五名大臣坐定之後，「噹！」威利敲了一下銅鑼，喊道：「比賽開始！」

梅登先上場，他對着一百步遠的靶子，鎮定非常，射了十箭，箭箭中紅心。接着是查韋姆，他一副漫不經心、懶洋洋的樣子，讓人對他沒一點期望，但他居然也是十箭全中紅心。

輪到楊天行了。他一副軍人氣度，蹬蹬蹬跑上場，用標準的姿勢，一箭一箭地射出。不但每一箭都射中紅心，其中一枝，還把之前插在紅心裏的一枝箭射飛了。

在場的人看得眼花繚亂，一場下來，大家把手掌都拍痛了。曉星還忘乎所以地喊着：「天行哥哥，加油！天行哥哥，加油！」

一連五場，三人箭法繼續發揮正常，場場都十箭十中，直到第六場，查韋姆在射第五箭射偏了，「啊！」隨着人們的尖叫聲，那枝箭偏離了紅心。

大家都呆了，全場寂靜。畢竟這不是一場普通的比賽，那是關係到烏莎努爾的江山千秋萬代屬於誰啊！查韋姆輸了，這意味着，他要對着另外兩人的其中一位俯首稱臣了。

大家都為他惋惜，但查韋姆倒十分豁達，他哈哈大笑着，把弓箭一扔，對梅登說：「好了，以後不用跟你這老頑固爭了，就由你說了算，沒問題！」

梅登得意地笑着。誰料查韋姆又補了一句：「不過，有道是『英雄出少年』，或者說了算的不是你呢！哈哈哈！」

梅登頓時臉黑。

威利宣布中場休息。各人可以喝喝水，吃點東西。

楊天行坐在樹蔭下，喝着小嵐遞給他的水。他眉心微皺，似在想什麼。

小嵐問：「天行哥哥，別是又開始打退堂鼓吧？」

楊天行似被小嵐看穿，紅着臉說：「怎麼說梅登也是德高望重的前輩，如果他輸給我，他會很難堪的。」

小嵐生氣地說：「你千萬別這樣想。比賽是公平競爭。一旦走上賽場，你就要全力以赴，如果你有其他想法，我會鄙視你的！」

站在旁邊玩耍的曉星聽到了他們的對話，心想，這天行哥哥也太謙讓了，難怪小嵐姐姐生氣。要是天行哥哥等會比賽時真的留一手，讓那梅登伯伯勝出，那就糟了。自己好想天行哥哥當國王啊！

不行，得想辦法幫幫他。

曉星悄悄地溜到小石桌附近，他知道梅登會在那裏休息。去到時，見到梅登剛好上茅廁去了，那小書僮守着那壺酒和點心，頭一點一點地打瞌睡。曉星想起了口袋裏的幾顆小果果，那是草兒給他的。草兒一直很恨阿荷上次告密，總想捉弄她一次，就從樹上摘了一些小果果，要找機會放進阿荷的飯菜裏。這些小果果吃進肚子裏，會拉肚子的呢！曉星聽他說得有趣，也跟他要了幾顆。

見書僮還在瞌睡，曉星偷偷拿起一塊點心，把小果果掀了進去。正在這時，有人一把抓住他的手，把點心奪了過去。曉星嚇壞了，抬頭一看，原來是小嵐。小嵐瞪着眼睛問：「小壞蛋，你放了什麼進去？」

曉星小聲說：「小果果，吃了會拉肚子的。」

小嵐吃了一驚，她馬上想到了《梅登遺訓》裏寫的，那令到梅登家族懷恨了四百年的賽場作弊疑雲。如今終於真相大白了，原來是曉星這小子惹的禍！

小嵐把點心扔了：「笨蛋，你這樣做不但不能幫天行哥哥，還會陷他於不義！」說完，一把將他拉離小石桌。

第二輪比賽開始了。梅登越戰越勇，仍然十發十中，而楊天行也在小嵐擔心的注視下，維持箭箭中紅心的佳績。小嵐知道楊天行想通了，把負擔放下了。

到了第四場，梅登似乎太過自信，有時也不認真瞄準就把箭射出去，結果，射第六箭時，射偏了，十箭中全力以赴，做到最好！

只中了九箭。

楊天行上場，這時，全場所有的目光都注視着他。只要他仍保持之前成績，烏莎努爾的王位就非他莫屬了。

楊天行開始射箭了，一箭、兩箭、三箭……九箭，箭箭中紅心。全場鴉雀無聲，所有人都明白，以楊天行穩健的箭術，最後一箭將百分之一百命中紅心。

到了第十箭，楊天行開弓搭箭，卻又猶豫着沒有發出去。大家都驚訝地看着他，他究竟在想什麼？

只見楊天行用難以察覺的眼睛餘光偷偷瞄了小嵐一眼。

小嵐用堅定的眼神回答他。好像在說：「全力以赴，做到最好！」

楊天行知道自己該怎樣做了，他定了定神，趕走雜念，發箭，「嗖」，正中紅心。

「噢，萬歲，國王萬歲！」校場上一片歡騰。

楊天行轉身看着小嵐，一句話沒有說。他用眼神告訴小嵐，我做到了，是因為你而做到的。

小嵐讀懂了他的話，她也用眼神告訴楊天行，謝謝你做到了。謝謝你為我找回了萬卡哥哥。

第24章　回家

接下來的日子裏，烏莎努爾舉國歡騰，歡慶他們第一代國王霍雷爾·楊天行登基。

這陣子楊天行忙壞了，新王上任，很多事情得處理，所以都基本上住在大樂宮，小嵐只有在開會時才能見到他，匆匆講上幾句。

小嵐惦掛着她現代的朋友，她決定回去了。這天，她告訴曉星，爸爸媽媽在家鄉完成閉關修煉了，姐姐也被大鯨魚打噴嚏打出來了，叫他們回家團聚呢！

曉星高興得不得了，又是跳又是叫的：「回家囉，見爸爸媽媽囉，見姐姐囉！」

晚飯時，小嵐帶着曉星去了乞丐村。噢，不對，現在改名了，叫幸福村。她要向朋友們告別。一路上，見到她的人都微笑着跟她打招呼，寒暄幾句。在富兒家門口呆的時間最長，因為他們從東烏回來的媽媽，還有從軍隊回來探家的爹爹全都拉着她説個沒完。富兒爹還特別高興地告訴小嵐，他當上護衛隊長了，是國王親自任命的。

曉星等得不耐煩，自己先飛跑去朵娃家了。

一會兒，小嵐去到朵娃家，離大門十幾米遠時已聽到裏面的笑聲。朵娃早已等在門口，一見到小嵐，便哇

哇叫着跑過來把小嵐抱住，親熱極了。

曉星和草兒花娃聊得開心，小嵐和朵娃也聊得開心。草兒講他和花娃上學讀書的開心事，讀書寫字畫畫，真有趣！朵娃就講她在大樂宮當園丁，天天澆花、天天看花，好開心。

她們聊了很久，直到天晚了，他們要走了。小嵐怕朵娃不開心，一直到臨離開時才告訴她，自己和曉星明天要回家了。

果然，朵娃馬上哭了，花娃也哭了，草兒男子漢忍住不哭，用牙咬着嘴唇。朵娃說，除非小嵐答應會回來看她，否則不放他們走。小嵐沒辦法，只好點頭答應。

朵娃和她的弟妹送了小嵐曉星一程又一程，直送到了村口，才依依惜別。小嵐堅決不讓他們明天來送行。帶着曉星回到楊家，她讓曉星早點睡，明天一大早就起程回家，曉星聽話地睡了。

小嵐悄悄出了門，徑直往大樂宮走去。

大樂宮門口有衞兵守着，他們都認得小嵐，讓她進去了。小嵐知道楊天行現在一定是在書房批閱奏章，便徑直往書房走去。

書房的門是虛掩着的，裏面透出亮光，小嵐往裏面一看，果然見到楊天行在埋頭看奏章。只見他雙眉微皺，英俊的臉上充滿專注，那模樣跟萬卡真的很像。

小嵐剛想推門進去，但又縮回了手。她不知道怎樣跟楊天行告別。楊天行可不像朵娃那樣好糊弄的，他一定會打破沙鍋問到底，她的家鄉在哪裏？她爸爸媽媽派了誰來接？還有，他一定堅持着要派人護送他們回家的。還有，小嵐不忍心當面跟他説再見，她會流淚的。因為這一別已是永訣。

想到這裏，小嵐再深深地注視了楊天行一會兒，像要把他的形象永遠刻在心中，然後才轉身走。

回到楊府，她寫了一封信給楊濟民伯伯，感謝他在這段時間對自己和曉星的照顧。又寫了一封信給楊天行，告訴他自己其實並不是西烏人，現在爸爸媽媽派人來接了，自己要回家了。自己家在很遠很遠的地方，可能以後都不會再回烏莎努爾了，請天行哥哥原諒自己的不辭而別。

她很想給天行哥哥留下一點可以做紀念的東西，但找遍身上，除了手上的藍月亮戒指外，沒有什麼可以做紀念品的。但這枚戒指是萬卡哥哥送給自己的，怎可以送給別人呢！想了又想，小嵐最後還是脱下藍月亮戒指，放進了信封裏。她在信上補了一句：留下我的藍月亮戒指，這是給烏莎努爾未來的每一位王妃佩戴的。

她把兩封信都放在自己房間的書桌上。她知道，明天，楊天行和楊伯伯就會看到了。

這時，東方已微露晨曦，小嵐怕楊家的人醒來後，自己走不了，於是叫醒曉星，拉着他趕緊出門了。

曉星一路上都沒有睜開眼睛，半睡半醒地讓小嵐拉着走，他們一路登上愛瑪山。小嵐見周圍沒有人，便從曉星口袋裏掏出時空器，把時間調到了四百年後，她在繡像廳穿越那天的凌晨時分。

時空器開始啟動，小嵐見曉星還是迷迷糊糊的，怕他半路丟失，便緊緊抓住他的手。

就如以往使用時空器一樣，一股藍光開始從兩人腳下升騰，瞬間，他們已雙腳離地，旋轉着上升了……

不知過了多久，「砰」的一聲，兩人一齊跌在地上。

小嵐覺得有軟軟的東西墊着自己的身體，所以並沒有摔得很痛。她定定神，看看自己在哪裏。結果看到了熟悉的園景——是烏莎努爾的御花園呢！

啊，順利着陸，終於回到家了。小嵐鬆了一口氣。

聽到身邊「呼嚕呼嚕」的鼾聲，一看，原來是曉星，他竟然睡着了。

小嵐怕他冷着，便抓住他肩膀使勁地搖。

曉星一骨碌坐起來，看看四周，問：「小嵐姐姐，我們是在露營嗎？曉晴姐姐呢？」

小嵐一聽大喜，他回復記憶了，記得他的曉晴姐姐呢！

「不是露營，你回房間睡吧！明天我們去郊遊呢！」小嵐哄他。

「哦。」曉星乖乖的回去睡了。也沒走錯路，他真的回復記憶了。

小嵐轉身回自己房間去，手上什麼東西在月光下閃爍光芒，一看，是藍月亮戒指！

啊，它經歷了四百年，回到了小嵐手上。

小嵐一倒在牀上就呼呼大睡……

「公主，小嵐公主……」有人在門外輕輕叫着。

小嵐睜開眼睛，啊，太陽已經升起很高很高了。天啦，竟然睡得這樣死！

她應了一聲：「起來了！起來了！」

是瑪亞的聲音：「公主，國王在外面等了你好久了，他很擔心您，您是不是不舒服？」

國王？小嵐突然有點心虛，這個國王，千萬別又是利安，我可受不起再一次驚嚇了。

她趕緊下了牀，鞋也不穿，飛奔着去開門。

「國王，國王在哪？」她迫不及待地叫嚷着。

一個英俊少年出現在面前，微笑着望着她。

是萬卡，真的是萬卡呢！

「萬卡哥哥，我終於把你找回來了！太好了，真是太好了！」她高興地一頭扎進萬卡懷裏，伸手把他緊緊地、緊緊地摟住，「我不要你消失，不要你離開我，好不好，好不好？」

萬卡微笑着看着他心愛的女孩。他雖然不知道小嵐

為什麼如此說，但還是輕輕地撫摸着她的頭髮，溫柔地說：「我不會消失的，不會離開你的，我會和你在一起，直到永遠，永遠！」